KB074380

향기로운 노년을 위한 소통의 리더십

향기로운 노년을 위한
소통의 리더십
Well-Aging & Leadership

엄태석 지음

이른아침

노년의 꿈이
더
소중하다

언젠가부터 나 자신에게 젊다는 말이 더 이상 어울리지 않는다는 사실을 깨닫게 되었습니다. 쉰이 넘었으니 당연한 일이지요. 그런데도 내가 더 이상 젊지 않다는 생각은 때때로 스스로를 몹시 당혹스럽게 만들곤 했습니다. 젊지 않다는 말이 반드시 늙었다는 의미는 아니겠지만, 이젠 늙었다는 말에 더 친숙해져야 한다는 생각을 하게 될 때마다 조금은 우울하고 서글퍼지는 것을 어쩔 수 없었습니다. 아마도 저만은 아닐 겁니다. 어느 날 문득 자신의 나이와 육체적 노화의 징후를 확연히 깨닫게 되면서 느끼는 당혹감과 서글픔 말입니다.

하지만 성장기를 제외하면 우리 모두는 항상 늙어가는 와중에 있습니다. 조금 단순하고 과장되게 말한다면 인간은 25세 정도까지만 자라고 성장하며 진정한 젊음을 유지할 뿐, 그 뒤에는 누구나 예외 없이 늙어가는 것입니다. 스스로 위로하자면 30대나 저나 똑같은 상황인 것이지요.

제가 학교에 다니던 시절에는 '청춘예찬'이라는 글이 아주 유명했습니다. 민태원이라는 분이 1930년대에 쓴 수필로, 젊은이들의 피 끓는 정열, 원대한 이상, 건강한 육체를 들어 청춘을 찬미하고 격려하는 내용입니다. 그렇다면 청춘은 왜 그리도 아름답고 소중한 것일까요? 민태원의 지적처럼 청춘은 가장 푸르고 아름다운 시절이기도 하지만, 그 시기가 인생 전체에 비해 너무나 짧기 때문이 아닐까 생각해 봅니다. 누가 중학생을 청춘이라 할 것이며, 30대 후반을 청춘이라 하겠습니까. 청춘의 시기를 가장 좁게 설정하면 20대의 중반, 10년 미만밖에 되지 않는 짧은 시기에 지나지 않습니다. 이렇게 너무나 짧기에 청춘은 아름답고 소중한 시절의 대명사가 된 것일 터입니다. 그 이후의 우리 모두는 다 늙어가는 것입니다.

그런데 70세 어르신도 늙음을 반기시지는 않으니 늙는다는 것이 그다지 흔쾌한 일은 아닌 것 같습니다. 그러나 생로병사는 그 누구도 피해갈 수 없는 자연의 철칙입니다. 피할 수 없다면 즐기라는 말이 있듯이 우리들은 기꺼이 '즐겁게' 늙어가야 합니다. 문제는 그렇게 즐겁게 늙어가기 위해서는 공부와 준비가 필요하다는 것입니다. 제가 이 책을 내는 목적이 여기에 있고, 이 책을 집어든 독자 여러분은 이미 그런 준비와 공부를 시작한 사람들이라는 점에서 즐거운 노년을 즐길 자격을 충분히 갖춘 분들이라고 믿습니다.

예전에는 노년을 '신체 및 정신적 기능이 쇠퇴하고, 경제적으로 궁핍해지며, 사회적으로 소외되는 등 독립적으로 살아가기 어려운 조건들이 지배하는 결핍의 시기'로 간주하곤 했습니다. 그러나 요즘엔 활동적이고 생산적인 노년 인구가 증가함에 따라 노년기에도 주체적이고 독립적인 삶을 영위할 수 있고, 적극적으로 사회에 참여할 수 있으며, 친밀한 유대관계 형성 또한 얼마든지 가능한 시기로 인식되기 시작하였습니다. 물론 그렇지 못한 노인들이 많다는 현실 또한 직시할 필요가 있겠습니다.

주위를 한번 돌아보십시오.

우리 주변에는 길거리에서 유모차에 파지를 주워 모으는 어르신들이 있는가 하면, 탁구장에서 운동을 즐기거나 산 정상까지 등정하는 활동적인 어르신들도 계십니다. 뿐만 아니라 기업이나 각종 모임에서 여전히 주도적인 리더 역할을 하는 어르신도 많이 계십니다. 이런 상반된 상황과 처지의 어르신들을 목도하게 될 때마다 우리는 스스로에게 묻지 않을 수 없습니다.

"나는 어떻게 늙어갈 것인가? 아니, 어떻게 늙어가고 싶은가?"
"은퇴 후의 날들에 대한 계획은?"
"스스로 그려보는 80대의 내 모습은?"
"죽음을 편안히 맞이할 준비는 얼마나 되어 있나?"

그리고 마지막으로 하나 더.
"지금 나의 꿈은 무엇인가?"

갑자기 10대 때나 듣던 '꿈' 이야기를 하니 혹시 당혹스러울지도 모르겠습니다. 그런데 제가 지금 말하는 꿈이란 무엇이 되기 위한

향기로운 노년을 위한 소통의 리더십

꿈이 아니라, 잘 늙어가기 위한 꿈이 있어야 한다는 말입니다.

'꿈은 이루어진다(Dreams come true).'는 말이 있습니다. 여기서 주목할 부분은 무엇인가가 이루어지기 위해선 먼저 꿈이 있어야 한다는 사실입니다. 누군가 남들이 부러워할만한 무언가 커다란 성취를 이루었다면, 이는 그에게 남다른 꿈이 있었기에 가능했던 것이라는 사실이 중요합니다. 우리는 먼저 꿈을 꾸어야만 합니다. 말하자면 잘 늙어가기 위한 꿈 말입니다. 청춘은 짧고 노년은 길기에 잘 늙어가기 위한 장년의 꿈은 청춘의 그것보다 사실 훨씬 더 중요합니다. 그 꿈이 우리의 결코 짧지 않은 노년을 바꿔놓을 것입니다.

물론 꿈만으로 목표가 절로 이루어지는 것은 아닙니다. 청운의 꿈이 이루어지기 위해 많은 공부와 노력이 필요한 것처럼, 노년의 꿈을 이루기 위해서도 적지 않은 공부와 노력이 필요합니다. 우리는 지금 그 공부와 노력의 첫걸음을 떼려 하고 있습니다. 이 작은 책을 횃불 삼아 누군가 장년이나 노년의 나이에도 불구하고 이전에 없던 새로운 꿈을 꾸게 되고, 이전에 없던 공부와 노력으로 보다 활기차고 유쾌한 노년을 보낼 수 있게 된다면, 이 책을 쓴 저자로서 더 이상 바랄 것이 없겠습니다.

저의 과문한 관찰의 결과로 짐작건대 노년의 삶이 평탄치 못한 가장 큰 이유 가운데 하나는 주변의 다른 사람들과 제대로 소통을 하지 못하기 때문이 아닌가 싶습니다. 이런 현실적인 이유와, 제가 일평생 공부한 것이 또한 소통과 무관한 것이 아니어서 이 책은 자연스럽게 노년기의 소통 문제를 강조하게 되었습니다. 즐겁게 늙어가기 위해서는 무엇보다도 소통이 중요하다고 저는 믿습니다. 오랜 세월을 살아오신 어르신들의 지혜가, 몸통은 물론 손가락과 발가락 끝까지 뻗은 모세혈관처럼 우리 사회 곳곳으로 소통되어 전파된다면, 이 나라 노인들 개개인의 웰 에이징(well-aging)은 물론, 우리 사회 전체의 크나큰 기쁨이자 자산이 될 것이라고 저는 믿습니다.

2014. 9
저자 엄태석

제1부

잘 늙어가기 위한 준비운동

1

늙는다는 것은
변한다는 것이다

이 세상에 존재하는 모든 생명과 만물은 변화에 변화를 거듭합니다. 바위는 모래가 되고 뭍은 바다가 되며 바다는 산맥이 됩니다. 태양은 잠시도 멈추지 않고 변화하며 별들은 생겨나기도 하고 사라지기도 합니다. 우리의 지식이나 믿음이나 신념 또한 결코 고정된 것이 아닙니다. 1,000년 전의 신앙은 지금 미신이 되어 있고, 100년 전의 지식은 지금 거짓말로 판명되고 있습니다. 지금 우리가 철석같이 믿고 있는 모든 지식과 신념 또한 언제 어떻게 바뀔지 알 수 없습니다.

그러나 모든 것이 변하기만 하는 것은 아닙니다. 모든 것이 변한다는 그 사실 자체만은 아무리 세월이 흘러도 변하지 않습니다. 따라서 시간이 아무리 많이 흘러도 변하지 않는 것이란 오로지 '모든 것은 변한다'는 이 진리 하나뿐입니다. 그렇습니다. 모든 것은 시간과 함께 변화합니다.

100년 안쪽의 길지 않은 세월 동안 생로병사를 모두 겪어야 하는 우리 인간들에게도 노화老化라는 변화는 너무나 자연스런 것이어서 누구도 이를 부인하거나 거부할 수 없습니다. 온 세상을 평정했다고 스스로 믿었던 진시황조차도 이 불변의 진리를 거스르지 못했고, 아무리 의학이 발전하고 기술이 진보한다고 하더라도 노인이 청춘으로 되돌아가는 일은 결코 일어나지 않을 것입니다.

그런데도 우리는 어느 날 문득 자신이 늙어가고 있다는 사실을 확인하고는 깜짝 놀라게 됩니다. 하지만 조금만 천천히 생각해보십시오. 노화는 결코 어느 날 문득 일어나는 갑작스런 사건이 아니며, 청춘이 끝나는 날부터 지속적이고 꾸준히 일어나는 현상입니다. 다만 우리가 제대로 인식하지 못하거나 인정하기 싫어할 뿐인 것입니다.

잘 늙어가기 위한 첫 번째 단계는 인간을 포함한 모든 만물의 변화는 너무나 당연한 절대불변의 진리이고, 우리가 늙는 것 또한 너무나 당연한 자연의 섭리라는 것을 인정하는 것입니다. 물론 누구나 이런 진리는 알고 있습니다. 하지만 구체적인 변화의 양상들에 대해서는 잘 수용하거나 인정하지 않으려는 경향도 있습니다. 특히 육체적인 노쇠에 대해서는 쉽게 수긍을 하지만 정신적인 변화에 대해서는 완강하게 거부하려는 사람들이 적지 않습니다. 몸은 변할 수 있어도 정신은 절대로 변할 수 없다는 고집인데, 그렇게 스스로 고집을 부린다고 인간의 정신이 변하지 않는 것은 아닙니다. 치매에 걸린 어르신들은 의지가 박약해서 그런 것이 결코 아니며, 나이가 든다는 것은 정도의 차이는 있을지라도 이처럼 육체는 물론 정신적으로도 변화한다는 말에 다름 아닙니다.

누누이 강조하지만 변하지 않는 것은 '모든 것이 변한다'는 진리 하나뿐입니다. 그러므로 우리는 나이가 들고 늙어감에 따라 사람들의 육체와 정신이 어떻게 변하는지를 이해하고, 이를 자신의 경우에 대입시켜 적절히 순응하거나 조절할 수 있도록 노력해야 마

향기로운 노년을 위한 소통의 리더십

땅합니다. 그렇다면 나이가 들면서 우리의 육체와 정신은 정말로 어떻게 변화하는 것일까요?

신체적 노화의 9가지 증상들

신체적 노화는 20대를 전후로 천천히 시작되며, 60세를 전후로 급격히 빨라지는 것으로 알려져 있습니다. 그러나 생리적 변화는 연령과 반드시 일치하는 것이 아니며, 개인에 따라서 현격한 차이를 나타냅니다. 즉 개인의 신체적 쇠퇴 속도는 연령에만 의존하는 것이 아니라 유전적 요소와 운동량, 각종 사고의 횟수와 정도, 약물 사용 여부, 흡연과 음주 등의 생활습관, 그리고 자신이 처해 있는 생활환경 등으로부터 영향을 받습니다. 그러므로 신체적 노화는 누구도 피해갈 수 없지만, 그 속도는 결코 나이와 비례하지는 않는다는 것을 인식할 필요가 있습니다. 노화에 따른 생물학적 변화의 양상에는 다음과 같은 것들이 있습니다.

첫째, 피부의 변화입니다. 우선 피부의 탄력이 사라지고 거칠어지며, 여기저기에 주름이 생기고 상처가 쉽게 납니다. 얼굴이나 몸에 검버섯이 생기며, 기름기가 빠지고 건조해집니다. 그렇다 보니 몸이 간지럽고 손에 물건을 쥐면 잘 떨어뜨립니다. 노인들이 손가락에 침을 바르지 않고는 책장이나 신문을 넘길 수 없는 이유가 이 때문입니다.

둘째, 시력에 변화가 옵니다. 대부분 40대가 되면 가까운 것은 못보고 먼 것은 잘 보는 노안(원시) 상태를 경험하게 됩니다. 조금 더 나아가면 가까운 것도 먼 것도 다 잘 보이지 않는 상태에 이르게 되고, 종종 안경을 두 개 이상 가지고 다니게 됩니다. 수시로 눈물이 흐르고 수정체에 백내장, 망막에 황반변성이 진행되기도 하며, 색채 식별 능력도 떨어지기 시작합니다.

셋째, 청력에도 변화가 옵니다. 보통 40대를 전후해서 시작된다고 합니다. 80세가 되면 고음역 청각은 생애 최대치의 30%로 저하되지만 저음역 청각은 70%를 유지한다고 합니다. 그래서 노인들은 큰 소리가 아니면 잘 듣기 어렵습니다.

넷째, 미각과 후각에도 변화가 옵니다. 부엌일을 하는 어르신들이 냄비를 잘 태우는 것은 냄비를 올려놓았다는 사실자체를 잊어버리는 탓도 있지만 특히나 냄새를 잘 맡지 못하기 때문이기도 합니다. 그리고 맛과 냄새는 거의 보조를 같이 하기에 냄새를 잘 맡지 못하게 되면 서서히 미각도 잃어가는 것입니다. 나이가 드신 어머니들이 음식 간을 잘 보지 못하시거나, 음식을 짜게 조리하는 것은 지극히 자연스러운 현상입니다.

다섯째, 운동감각이 떨어지기 시작합니다. 운동감각, 특히 평형감각이 떨어지기 시작하면 버스와 같은 탈것들에 오르내리기 힘들어지고, 모든 일에 서툴러지게 됩니다. 전구 하나 가는 것도 어려워지고, 손이 덜덜 떨리며 사다리 오르기는 아예 엄두도 내지 못합니다. 또한 잘 주저앉고 넘어집니다. 이처럼 모든 운동감각이 전에 없이 무뎌지기 때문에 조급한 마음이 생겨나고, 이 조급한 마음을 다스리지 못하면 종종 예기치 못한 사고를 당하게 됩니다.

여섯째, 근육과 뼈가 약해집니다. 나이가 들면서 근섬유의 수와 크기는 감소되며 뼈는 용적과 밀도가 감소되어 다공성으로 변하게 됩니다. 이러한 현상은 남성보다 여성에게서 더 급격히 일어납니다. 추간판 골밀도 상실로 인하여 노인들의 키는 줄어들게 되고, 척추 만곡이나 척추 후만 등으로 허리가 구부러지게 됩니다. 이를 예방하기 위해서는 젊었을 때부터 구부정한 자세나 다리를 꼬고 앉는 등의 바르지 못한 자세를 지양해야 합니다.

　일곱째, 수면에도 변화가 생깁니다. 일찍 자고 일찍 일어나는 수면 패턴이 일반화됩니다. 반면 숙면을 취하지 못하는 노인들도 많은데, 그 원인으로는 죽음이나 기타 질병에 대한 불안과 공포, 자녀나 경제적 문제 등에 대한 걱정과 염려, 만성질환으로 인한 통증, 약물의 부작용, 요실금 등이 꼽히고 있습니다. 이런 상태가 상당 기간 지속되면 우울증으로 이어질 가능성이 높습니다.

　여덟째, 심혈관계의 문제입니다. 나이가 들어감에 따라 심장 기능이 떨어집니다. 심장 박동은 증가하지만 방출되는 혈액은 감소하게 되며, 혈관은 점점 좁아지고 딱딱해져서 동맥경화나 동맥 파열로 인한 사고 가능성이 높아집니다. 65세 이상 노인의 70%가 고혈압 환자일 정도입니다.

　아홉째, 비뇨기계의 기능 저하입니다. 나이가 들면 낮이나 밤이나 소변을 자주 보게 되고 본 이후에도 계속 잔뇨감이 남게 됩니다. 남성의 경우 전립선이 비대해지면서 소변을 자주 보게 되고, 소변을 시원하게 보는데 장애가 생길 뿐만 아니라 소변을 보기 시작할 때 많은 어려움을 겪게 됩니다. 더불어 요실금까지 오게 되면 더 많은 불편을 겪게 됩니다.

이외에도 소화능력이 떨어지고, 간은 크기가 작아지고 기능이 약화되어 약물의 해독과 호르몬 대사 능력에 문제가 생기기 시작합니다. 면역기능과 생식기능도 감소하며, 기초 신진대사율도 여러 세포 활동들의 감소에 따라 감소됩니다. 머리카락도 가늘어지면서 빠지고 눈썹도 줄어듭니다.

이처럼 나이가 들고 노인이 되면 한마디로 모든 육체적 기능이 저하됩니다. 이런 육체적 기능 저하는 최근 노인들의 가장 큰 근심거리인 우울증과 치매에도 영향을 미칩니다. 우울증과 치매는 물론 정신적인 영역과 관계가 깊지만 반드시 육체적인 노쇠와 무관한 것도 아닙니다.

우울증과 치매

먼저 우울증憂鬱症, 즉 우울장애는 의욕 저하와 우울감을 주요 증상으로 하여 다양한 인지 및 정신·신체적 증상을 일으켜 일상

향기로운 노년을 위한 소통의 리더십

기능의 저하를 가져오는 질환을 말합니다.

우울장애는 평생 유병율이 15%, 특히 여자에서는 25% 정도에 이르며, 감정, 생각, 신체 상태, 그리고 행동 등에 변화를 일으키는 심각한 질환입니다. 우울증은 일시적인 우울감과는 다르며, 개인적인 약함의 표현이 아니어서 의지로 없앨 수 있는 것이 아닙니다. 상당수의 어르신들이 전문가의 도움을 받지 못한 채 우울증으로 고생하는 경우가 많은데, 전문가의 적절한 치료를 받는다면 상당한 호전을 기대할 수 있고, 이전의 정상적인 생활로 돌아가는 것이 가능하다고 합니다.

우울증의 원인에 대해서는 아직 명확하게 밝혀져 있지 않습니다. 다만 다른 정신질환과 마찬가지로 다양한 생화학적, 유전적 그리고 환경적 요인이 우울증을 야기할 수 있다고 합니다. 생화학적으로는 뇌 안에서 감정 등을 조절하는 기능과 연결된 신경전달물질이 우울증 발병에 역할을 하는 것으로 보인다고 하며, 호르몬 불균형도 하나의 원인이 될 수 있다고 설명합니다.

어떤 연구는 우울증을 가진 가족 내에서 우울증이 더 잘 발생하는 것으로 보고하고 있으며, 환자 자신을 둘러싸고 있는 환경도 우울증 발생에 영향을 줄 수 있다고 합니다. 이런 환경적 요인은 스스로 극복하기 어려운 상황들로, 예를 들어 상실감, 경제적 문제, 그리고 스트레스 등과 같은 것들입니다.

다음은 우울증의 주요 증상입니다.

우울감과 삶에 대한 흥미 및 관심 상실이 우울증의 핵심 증상입니다. 우울증의 가장 심각한 증상은 자살이며, 우울증 환자의 3분의 2가 자살을 생각하고 10~15%가 실제로 자살을 한다고 합니다.

거의 대부분의 우울증 환자는 삶에 대한 에너지 상실을 호소하는데, 어떤 일을 끝까지 마치는 데에 어려움을 호소하고, 학업 및 직장에서 정상적인 업무에 장애를 느끼며, 새로운 일을 시작할 동기를 갖지 못하고 있습니다.

우울증 환자의 80% 정도가 수면 장애를 호소하는데, 특히 아침까지 충분히 잠을 못 이루고 일찍 깨거나 밤에 자주 깨는 증상을 보입니다. 많은 환자가 식욕 감소와 체중 저하 현상을 보이는데, 일부 환자는 식욕이 증가하고 수면이 길어지는 비전형적 양상을 보이기도 합니다. 불안 증상도 90% 정도에서 보이는 흔한 증상이며, 성욕 저하 등의 성적 문제를 드러내기도 합니다. 절반 정도의 환자가 시간의 변화에 따라 증상의 정도에서 변화를 보이는데, 일반적으로 아침에 증상이 심했다가 오후에 좋아지는 경향을 보입니다. 집중력 저하와 같은 인지기능 저하 증상도 상당수의 환자에게서 나타날 수 있습니다.

일부 우울증 환자는 신체적 증상을 호소하는 경우도 있는데, 이런 경우 내과적 검사를 받더라도 대부분 명확한 원인을 찾지 못해 우울증 진단과 치료가 늦어져 고생하는 경우가 많습니다. 그러므로 원인이 명확하지 않은 신체의 이상 증상이 지속될 때는 우울증을 의심해봐야 합니다.

다음은 치매癡呆에 대해 알아보겠습니다.

치매라는 용어는 라틴어에서 유래된 말로, '정신이 없어진 것'이라는 의미를 지니고 있습니다. 치매는 정상적으로 생활해오던 사람이 다양한 원인으로 인해 뇌기능이 손상되면서 인지기능이 지속적이고 전반적으로 저하되어 일상생활에 상당한 지장이 나타나는 상태입니다. 여기서 인지기능이란 기억력, 언어 능력, 시공간 파악 능력, 판단력 및 추상적 사고력 등 다양한 지적 능력을 말하는 것으로, 각 인지기능은 특정 뇌 부위와 밀접한 관련이 있습니다. 과거에는 치매를 망령이나 노망이라고 부르면서 노인이 되면 당연히 겪게 되는 노화 현상이라고 생각했으나 최근 많은 연구를 통해 분명한 뇌질환으로 인식되고 있습니다. 흔히 치매를 하나의 질병으로 생각하고, 치매는 모두 똑같고 별다른 치료법이 없다고 속단해버리는 경향이 있습니다. 그러나 치매는 단일 질환을 가리키는 말이 아니고 앞서 정의한 상태에 해당되는 경우를 통칭하는 것입니다.

의학 용어를 사용한다면 특정 증상들의 집합인 하나의 '증후군'에 해당되는 것으로, 이러한 치매라는 임상 증후군을 유발하는 원인 질환은 세분화할 경우 70여 가지에 이릅니다. 다양한 치매 원인 질환들 중에서 가장 많은 것은 '알츠하이머병'과 '혈관성 치매'지만, 그 밖에도 루이체 치매, 전측두엽 퇴행, 파킨슨병 등의 퇴행성 뇌질환과 정상압 뇌수두증, 두부 외상, 뇌종양, 대사성 질환, 결핍성 질환, 중독성 질환, 감염성 질환 등 매우 다양한 원인에 의해 치매가 발생할 수 있습니다.

'최근 기억'이 떨어지는 것은 알츠하이머성 치매에서 가장 먼저 나타나는 증상입니다. 최근에 나눴던 대화 내용이나 했던 일을 까맣게 잊어버리는 일이 반복된다면 병원에 찾아갈 필요가 있습니다.

치매 초기에는 우울해지거나 성격이 변하는 경우가 아주 흔합니다. 노년기에 의욕이 줄고 짜증이 늘어나는 현상이 처음 나타났다면 치매 여부를 확인해야 합니다. 또 이유 없이 의심이 늘거나 평소 성격과 사뭇 다른 모습을 계속 보이는 것도 치매의 초기 증

향기로운 노년을 위한 소통의 리더십

상일 수 있습니다.

우울증과 치매는 원인이야 무엇이든 간에 나이가 들면서 누구에게나 찾아올 수 있는 질환입니다. 하지만 주위 사람들과의 소통을 통해 피해갈 수도 있고 빨리 발견하여 치료하거나 그 속도를 지연시킬 수 있는 질환이기도 합니다.

정신적 노화와 8가지 부정적 정서들

정신적 노화란 쉽게 말해 '어떤 생각을 가지고 늙어가고 있는가'라고 정의할 수 있겠습니다. 대부분의 사람들은 자녀를 결혼시키거나 손자를 보았을 때 자신이 늙었다고 생각합니다. 조금 빠른 사람은 자신이 다니던 직장에서 은퇴하게 되었을 때 그렇게 느끼기도 할 것입니다. 이렇게 나이가 들었다는 생각과 함께 정신적으로나 심리적으로 갖게 되는 부정적 정서들에는 어떤 것들이 있을까요?

첫째, 상실감입니다.
자신이 다니던 직장에서 떠나면서, 자식이 자신의 품을 떠나게 되면서, 또는 지인의 죽음을 경험하게 되면서 사람들은 엄청난 상실감을 느끼게 됩니다. 갑자기 주위가 허전해지고 허탈해지며 자신이 왜소해지고 외로워지는 감정들입니다.

둘째, 불안감입니다.

앞으로 어떻게 살아야 하는가에 대한 불안감입니다. 경제적으로뿐만 아니라, 주체할 수 없이 많이 주어진 시간을 어찌 보내야 하며, 주위에 하나둘 가까운 사람들이 떠나가면서 어떻게 살아야 하는가를 알지 못해 느끼는 불안감입니다.

셋째, 자신감의 상실입니다.

그동안 가족을 부양해온 사람임에도 불구하고 은퇴를 하면 자신감이 떨어져 집에서 가족들 눈치를 보게 됩니다. 많은 사람들이 자신감 없는 모습을 감추기 위해 본심과 달리 사소한 일에도 민감하게 반응하며 화를 내게 되곤 합니다.

넷째, 두려움입니다.

나이가 들면 자연스레 건강과 죽음에 대해 걱정하게 됩니다. 젊을 때는 전혀 생각하지 않았던 죽음의 존재가 피부에 와 닿기 시

향기로운 노년을 위한 소통의 리더십

작하면서 이것이 건강 염려증으로 이어지게 되고, 사소한 몸의 변화에도 겁부터 먹게 됩니다. 혹은 가까운 사람들의 죽음에 충격을 받아 며칠씩 드러누워 있기도 합니다.

다섯째, 과거 지향적이 됩니다.

지난날의 이야기를 많이 하게 되고, 과거를 그리워합니다. 대화도 대부분 젊은 날, 잘 나가던 시절의 이야기가 주를 이루고, 그 순간 가장 신나 합니다. 하지만 이런 대화의 끝은 언제나 공허함만을 남기며 허무하게 마침표를 찍곤 합니다.

'젊은이는 희망으로 살고 늙은이는 추억으로 산다'는 프랑스 격언이 있습니다. 아름다운 과거는 우리 삶에 좋은 활력소가 됩니다. 하지만 지나치게 과거에 집착하고 미화하면 현실의 고통이 더욱 크게 와 닿고 현재의 삶이 더 고달파 보일 수 있기 때문에 문제가 될 수 있습니다.

여섯째, 노여움을 잘 탑니다.

가볍게 넘어갈 수 있고, 넘어갔던 문제들에 대해 화를 잘 내게 됩니다. 이는 앞서 말했던 자신감의 상실과 관련된 부분인데 더이상 생산적인 활동을 하지 않고 집에 있게 되면서 스스로 위축감을 느끼고, 자신의 존재가 협소해졌다는 심리적 착각 때문에 나타나는 행동입니다. 우리는 대부분의 사람들이 변하지 않았으며, 변했다 할지라도 그런 사람들이 극히 일부임을 자각해야 합니다. 또한 주위의 소중한 사람들은 언제나 나를 사랑한다는 생각과 함께 자신의 심리 상태를 잘 파악하고 조절해야 합니다.

일곱째, 외로움입니다.

직장생활을 하던 사람들의 경우 은퇴를 하게 되면 집에서 대부분의 시간을 보내게 됩니다. 늘 외부에서 사람들과 어울려 일하고 밥 먹고 교류하던 사람은 은퇴를 기점으로 엄청난 외로움을 느끼게 됩니다. 그나마 취미생활이 있다거나 배우자와의 관계가 돈독하고 손자녀가 있다면 외로움을 덜 느끼게 됩니다.

여덟째, 서운함 또는 섭섭함입니다.

노여움 못지않게 나이든 사람들이 많이 가지게 되는 일반적인 감정이 섭섭함 또는 서운함입니다. 자녀들의 안부전화가 줄어들었다거나, 생일 선물이 이전에 비해 약소해졌다거나, 손자들의 말실수에서조차 노여움과 서러움, 섭섭함을 동시에 느끼곤 합니다. 이러한 성향 또한 자신감의 상실에서 비롯되는 것입니다.

지금까지는 나이가 들면서 가지게 되는 부정적 정서들을 열거해 보았습니다. 누구나 이런 정신적 노화를 경험하는 것은 아니며 이러한 부정적 정서들은 '잘 늙어가기'에 도움이 되지 않는 현상들입니다. 따라서 '잘 늙어가기'에 도움이 되는 긍정적 정서들에 대해서도 생각해 보고자 합니다.

행복한 노년을 위한 5가지 긍정적 정서들

첫째, 편안함입니다.

불안은 무언가가 정해지지 않고, 부족하고, 불투명하기 때문에 생기는 것입니다. 예상하고 준비하고 받아들이면 편안해 집니다. 그런데 은퇴나 자녀의 분가는 누구나 사전에 충분히 예상하고 대비할 수 있는 일들입니다. 따라서 수십 년간 해왔던 일이나 직장을 떠나면서, 또는 자녀를 분가시키면서도 얼마든지 정신적인 편안함을 느낄 수 있습니다. 그러기 위해서는 사전에 미리 이런 변화들에 대응하고 순응하고 적응할 준비를 해야 합니다.

또 이러한 평온함을 느끼기 위해서는 많은 것들을 인정하고 받아들여야 합니다. 누구나 은퇴를 하고, 누구나 자식을 떠나보내고, 누구나 늙는다는 사실을 말입니다. 그리고 그것이 당연함을 되새겨야 합니다. 뿐만 아니라 잘 늙어가기 위한 준비가 되어 있어야 합니다. 노후를 위한 경제적 대비, 끝을 모르는 시간과 자유를 활용할 방법 등과 함께 죽음에 대한 마음의 준비도 되어 있어야 합니다.

둘째, 설레임입니다.

우리들은 보통 평생 동안 일을 하며 삽니다. 일에는 크게 하고 싶은 일, 하기 싫은 일, 어쩔 수 없이 해야만 하는 일이 있습니다. 이 세 가지 가운데 우리가 하는 일들의 상당 부분은 '해야만 하는 일들'인 것 같습니다. 가장 행복한 것은 하고 싶은 일과 해야만 하는 일이 일치하는 경우인데 이는 매우 드문 경우입니다.

우리의 하루 일과를 보더라도 그렇습니다.

화장하기 싫은데 해야 하고, 출근하기 싫지만 해야 하고, 보기 싫은 상사도 봐야 되고, 지겨운 회의도 해야 하고, 가기 싫은 술자리에도 가야만 하는 등 먹고살기 위해 해야만 하는 일들이 얼마나 많습니까?

저도 마찬가지입니다. 이젠 나이도 어느 정도 먹고 다른 직업에 비해 상대적으로 자율적이고 여유로운 직업의 소유자인데도 여전히 하고 싶은 일에 투자하는 시간보다 해야만 하는 일에 매달려 있는 시간이 훨씬 많습니다.

그런데 은퇴를 하고 나이가 들면서 이제야 정말로 하고 싶은 일을 주로 하며 산다는 분들을 종종 보게 됩니다. 생계를 위해, 가족을 위해 해야만 했던 직업적인 일들을 마치고, 자신이 하고 싶었던 일들을 할 수 있게 되었다는 설렘. 여러분도 이처럼 은퇴 후의 설레는 삶을 위해 준비하시길 바랍니다.

셋째, 감사의 마음입니다.

교무처장 시절 매 학기마다 정년퇴직을 하는 교수님들과 식사를 하곤 했는데, 이 분들의 퇴직을 맞이하는 심정은 극명하게 나뉩니다. 대체로 퇴직에 대해 별다른 느낌이 없는 분들, 상당히 아쉬워하고 서운해 하는 분들, 당연하게 퇴직을 맞이하시는 분들의 세 부류 정도로 나뉩니다.

퇴직을 맞이하는 분들은 최소한 20여 년 이상을 교수로 봉직한 분들입니다. 오래되신 분들은 거의 40년 가까이 되는 분들도 계시는데, 이런 세 부류의 교수님들 가운데 가장 보기 좋은 경우는 지난날을 감사의 마음으로 정리하고 흔쾌히 강단을 떠나시는 분들입니다.

60세가 넘으면 한때 그렇게도 지겨웠던 교수생활이 갑자기 소중해지고, 학생들이 그렇게 예뻐 보인다고 합니다. 그래서 명예퇴직은 60세 이상의 교수님들은 거의 하지 않고 50대 후반 교수들이 주를 이룹니다.

이 가운데 일부 교수님들은 자신이 정년퇴직을 하게 된 것에 대해 상당히 감사해 하십니다. 동료 교수들에게, 학교 당국에, 학생들에게 고마움을 표현합니다. 참 보기 좋습니다. 어떤 분은 상당액을 장학금으로 기부하고 떠나시는 경우도 있습니다. 반면 어떤 분들은 퇴임하는 날까지 온갖 불평을 토해 냅니다. 퇴임식이나 기념품에 대한 불만부터 은퇴 후 강의에 대해서까지 불만을 표하는 분들이 계십니다. 이런 분들의 마지막 모습이 주위 사람들에게는 어떻게 기억될지 잘 생각해 보시길 바랍니다.

우리는 주위에 감사하며 살아야 합니다. 우리를 낳아 주신 부모님, 가르쳐주신 선생님들, 친구들과 친지들, 동료들과 상하 직원들, 이웃, 그리고 나와는 전혀 무관하지만 나의 삶에 영향을 미치는 많은 존재들에게 감사하며 살아야 합니다. 그러나 이것이 당연함에도 불구하고 이렇게 살지 못하는 어른들이 많습니다. 인생이 짧다면 짧기 때문에, 길다면 길기 때문에, 감사하며 살아가야 합니다.

넷째, 의욕입니다.

나이가 들면 한 걸음 뒤로 물러나 다른 이들에게 간섭하지 않고 방관하는 것이 노인으로서의 도리라고 생각하시는 분들이 의외로 많습니다. 하지만 이런 생각으로 사는 삶에 무슨 의미가 있겠습니까? 살아있다고는 하나 진정으로 살아 있다고 보기는 어려울 것입니다.

제가 30년 넘게 존경하고 따르는 은사님이 한 분 계십니다. 얼마 전 생신에 뵈었더니 은퇴하신 이후의 연구생활과 최근에 여행다녀오신 곳들의 이야기를 해주셨습니다. 뿐만 아니라 앞으로 연구하실 주제들에 대해서 말씀하셨습니다. 참 보기 좋았습니다. 선생님께서 참 멋있게 늙어가고 계시는구나 하는 생각이 절로 들었습니다.

사람은 죽을 때까지 무언가를 하고자 하는 의욕이 있어야 합니다. 밥 먹고, 씻고, 잠자는 일상의 활동만으로는 부족합니다. 그렇다고 반드시 어떠한 성과물을 얻어내야 할 필요도 없습니다. 스스로 삶의 재미를 느끼기 위해 하는 무언가를 만들어야 합니다.

의욕을 잃으면 삶의 의미를 잃은 것과 같습니다. 의욕은 삶의 정력제이며 건강한 몸과 마음을 가꾸어 줍니다. 자신을 위해 아주 작은 목표라도 정하시길 바랍니다.

향기로운 노년을 위한 소통의 리더십

다섯째, 긍정적인 마음가짐입니다.

매사 부정적이고 비판적이며, 남의 의사를 잘 받아들이지 않는 사람들이 있습니다. 이런 사람들의 경우 보통 자기주장에 대해서는 지나치게 강한 확신을 가지고 있습니다. 게다가 이런 성향은 나이가 들면 들수록 더 심해집니다. 늙어가는 과정에서 누구에게나 나타나는 경향성 가운데 가장 일반적인 것을 꼽으라면 저는 이렇게 말합니다.

"나쁜 점은 더욱 더 나빠진다."

말 많던 사람들은 말이 점점 더 많아지고, 나쁜 인간성은 더욱 더 나빠지는 경우가 대부분입니다.

대화를 하다 보면 상대방의 말을 듣고 나서 '그건 아니고…', '당신이 잘 몰라서 그러는데…', '그게 말이 되나?' 등으로 상대의 말을 받는 사람들이 있는가 하면, '아, 그래?', '그렇구나!', '너무 재밌다' 등으로 받는 사람들도 있습니다. 혹시 생각이 다르면 '그렇구나. 근데 나는 약간 생각이 다른데…', '대부분 동의하지만…', '혹시 제가 잘못 이해하고 있는지 모르지만…' 식으로 대화를 이어나가는 사람들이 있습니다. 일단 상대를 인정하고 받아들이는 긍정적인 자세가 서로의 관계뿐만 아니라 자신의 정신 건강을 위해서도 중요합니다. 부정적 성향의 소유자는 사회 생활과 인간 관계에 문제를 드러내게 됩니다. 당연히 외롭게 늙어가거나 주위 사람들을 피곤하게 하면서 늙어갈 가능성이 높습니다.

정서적 노화라는 주제로 나이가 들면서 두드러지게 되는 감정들이나 정신적 태도를 몇 가지 열거해 보았습니다. 어떤 것들은 나이가 들면 들수록 더욱 두드러지는 것들이 있고, 또 어떤 것들은 어릴 때부터 가지게 된 것들입니다. 또 이러한 정서들이 다양한 조합으로 나타나기에 구분이 쉽지 않을 때도 있습니다. 중요한 것은 가능한 긍정적 생각, 건전한 정서를 보다 많이 확장하며 늙어가는 것이 아닐까요?

향기로운 노년을 위한 소통의 리더십

2

잘 늙어가기 위한 전제조건들

사람은 누구나 늙고 병들고 죽습니다. 반드시. 우리가 불확실성의 시대에 산다고 하지만, 이 명제만큼 확실한 것은 없을 것입니다.

생로병사生老病死의 굴레 속에서 우리 인간이 할 수 있는 것은 잘 살고, 잘 늙고, 잘 죽는 것밖에 없습니다. 살고 늙고 죽는 것까지는 운명의 소관이지만, 잘 살고 잘 늙고 잘 죽는 것은 인간의 노력으로 가능한 영역입니다.

그러면 잘 늙어가는 것은 과연 어떻게 늙어 가는 것을 의미하는 것일까요?

잘 늙어가기, 즉 성공적인 웰 에이징(well-aging)이란 자신과 다른 사람들에게 모두 만족스럽게 자신의 잠재력을 발휘해 노년기의 신체적, 심리적, 사회적 안녕에 도달하는 것을 의미한다고 합니다.(Gibson) 그리고 노화의 하위요소를 타인과의 상호작용, 개인적 성장, 자기 수용, 건강, 자율성, 목적의식으로 설정하고 있습니다.(Fisher & Specht)

성공적인 노화의 요건으로는 경제력, 건강 상태, 가족 친지 등의 사회적 지지 이외에 주관적 안녕, 심리적 안녕, 생활 만족도를 들고 있습니다. 여기서 말하는 주관적 안녕이란 정서적으로 평정감이 있고, 노화에 대한 긍정적인 태도를 가지며, 사회적 상호작용에 대해 만족감 느끼는 것을 말합니다.(Lawton) 다시 말하자면 나이가 들어도 여전히 인생의 목표가 있고, 신체적으로 건강하며, 경제적인 안정을 유지하고, 주위 사람들과 조화롭게 지내는 것, 그리고 자신의 삶에 만족을 느끼는 것이 성공적인 노화라 할 수 있습니다.

향기로운 노년을 위한 소통의 리더십

여기서 말하는 목표란 '뭐가 되겠다', 혹은 '무엇을 이루겠다'와 같은 것일 수도 있지만, '아내와 행복하게 살겠다', '봉사하며 살겠다', '손자들의 좋은 친구가 되겠다'와 같이 소소한 것들도 얼마든지 아름답고 훌륭한 목표가 될 수 있습니다.

신체적인 건강에 대해서는 의견들이 갈리는데, 질병이 없는 육체적 건강상태뿐만 아니라 늙어가면서 발생하는 신체적 노화 현상이나 각종 질병들을 대하는 태도의 건강함도 건강의 의미에 포함시켜야 한다는 주장이 있습니다. 나이가 들면서 나타나는 신체적 변화와 함께 각종 질환의 발병에 대해 '올 것이 왔구나' 하는 마음으로 편안하게 받아들이고 이러한 아픔들과의 동거를 흔쾌히 받아들이는 정신적 건강함을 건강의 개념에 포함시켜야 한다는 것입니다.

다음은 많은 노인들의 중요한 고민 가운데 하나인 경제적 안정입니다. 대부분의 사람들은 자식을 위해 아낌없이 투자하면서 자신의 노후는 준비하지 않고 있다가 자녀들에게 기댈 수도 없고, 정부의 복지 대책도 부실한 암울한 상황에 마주하게 됩니다. 따라서 이젠 자신의 미래를 위해 미리미리 준비해야 합니다.

주변 사람들과의 조화로운 삶도 그리 녹녹한 문제는 아닌 듯합니다. 나이가 들면 여러 가지 변화가 찾아옵니다. 근육이 풀어지고 다리와 팔의 힘이 떨어지며, 얼굴과 몸의 구석구석에 주름이 늘고 검버섯이 핍니다. 몸에서는 퀴퀴한 냄새도 나기 시작합니다. 따라서 스스로 관리를 해야 합니다. 더불어 자신도 모르게 타인에게 무례해지거나 예의에 어긋나는 언행을 하게 됩니다. 자신의 몸이 예전 같지 않은 탓도 있지만 심리적으로도 많이 약해지기 때문입니다.

이에 관련된 기억이 하나 있습니다. 대학시절 좋은 옷을 사주지 않는다며 불평하는 제게 어머니께서는 이런 말씀을 하셨습니다.

"너는 젊다는 것만으로도 몸에서 빛이 나는데 무엇 때문에 옷 같은 걸로 더 치장을 하려 하니? 엄마는 늙고 추해 보이니까 화장이나 치장을 하지 않을 수 없는 거란다."

참 지당하신 말씀인 것을 지금 많이 느끼고 있습니다.

저의 젊은 시절의 스타라면 위로는 장미희, 유지인, 정윤희로부터 아래로는 황신혜, 채시라, 하희라 등이 있었습니다. 꾸준히 관리하여 지금도 아름다운 모습을 가지고 있긴 하지만 요즘의 어린 연예인들과 비교하면 그들은 더욱 꾸밉니다. 젊은 스타들의 얼굴에서 나타나는 '광채'가 없기 때문입니다. 아무리 분장을 해도 젊은이들의 광채는 보이지 않습니다. 나이가 들면 당연히 여러 가지가 사라집니다. 그렇기 때문에 보기가 편하지 않거나 어떤 경우 추해 보이기까지 합니다. 따라서 우리는 나이가 들어갈수록 더욱 몸가짐을 바르게 해야 합니다.

우리가 나이가 들었든 들지 않았든 어떤 이유로든 상대방이 손해나 불이익을 당연히 감수할 것으로 생각해서는 안 됩니다.

예를 들어 지하철에 타면 당연히 젊은이들이 자리를 양보해야 한다는 생각 같은 것입니다. 물론 우리나라 문화는 자연스레 노인 공경을 하게끔 가르쳐 왔지만 객관적으로 생각한다면 당연한 일이 아닌 것입니다.

대학 시절 전철에 앉아 있는데 한 할머니가 제 앞으로 다가 오시기에 습관적으로 그 분께 자리를 양보했습니다. 그런데 그 할머님은 '그냥 앉아 있어요. 젊은이도 힘들 텐데. 나 같은 늙은이야 돈을 버나 일을 하나. 난 집에 가서 쉬면 되니 그냥 있어요.'라고 하셨습니다.

이런 경우 대부분의 어르신들은 '고마워요!'라는 인사와 함께 자리에 앉거나, 고맙다는 말도 하지 않고 앉는 것이 일반적인데, 참 색다른 반응이었습니다. 물론 저는 그 할머니를 굳이 자리에 앉혀

향기로운 노년을 위한 소통의 리더십

드렸습니다.

 이 분과 같이 자신이 나
이가 들어서 받게 되는 타
인의 배려가 당연한 것이
아니라 고마운 일이라는
것을 알아야 합니다. 나이
가 들었다는 것이 모든 무
례를 상쇄해 주는 훈장은
아니니까요.

3

행복한 노인은
생각과 행동이 남다르다

어떻게 살아갈 것인가 하는 것이 젊은 날의 고민이었다면, 50세
가 넘으면 어떻게 죽을 것인가 하는 고민을 하지 않을 수 없습니
다. 하지만 잘 살기(well being)와 잘 죽기(well dying)의 사이에서 잘
늙어가기(well aging)를 고민해야 합니다. 잘 살고, 잘 늙어 가면,
잘 죽을 가능성도 높겠죠.

　제가 이 글을 쓰는 가장 중요한 이유는 이 주제가 바로 저 자신

의 고민이기 때문입니다.

나름 열심히 살았고, 많은 경험도 했습니다. 제 또래의 교수들이 잘 경험하지 못했을 다양한 직업도 경험해 보았고 사회활동도 꽤 열심히 했습니다. 하지만 저도 언젠간 죽을 것이기에 어떻게 늙어갈 것이며, 어떻게 죽음을 맞이해야 하는가의 문제에 대해 한번 진지하게 고민해 보자고 결심했습니다.

노화에 대한 연구는 우리나라의 경우 대부분 복지 분야, 특히 노인복지 분야에 몰려 있는데, 심리학회나 사회학회의 일각에서도 연구가 진행되고 있습니다. 미국의 경우를 보면 1990년대부터 이미 활발한 연구가 이루어지고 있었습니다. 아마도 노인 인구가 늘어나면서 연구도 활발해지는 것 같습니다.

연구의 내용들을 보면 어떤 성향의 노인들이 오래 살며 또 행복한 여생을 보내는가 하는 문제에서부터 잘 늙어가기 위한 교육 프로그램, 죽음을 맞이하는 방법, 노인의 여가생활, 노인 질환, 기타 노인 문제 등에 이르기까지 참으로 다양합니다.

제가 관심을 가진 것은 노인 질환이나 노인 복지, 노인 문제와 같은 의료, 사회, 복지 차원의 문제가 아니라, 인간 스스로가 늙어가는 과정을 어떻게 받아들여야 하며 또 어떻게 잘 늙어갈 것인가에 대한 주체적인 노력에 관한 것입니다.

노령연금이나 노인요양원, 노인복지관과 같은 문제는 정부와 사회의 몫입니다. 중요한 것은 인간입니다. 최고의 노인복지가 이루어져도 노인들의 자살이 끊이지 않는다면 이 사회는 불행한 사회입니다.

대한민국은 노인 자살률 1위의 나라이며, 노인의 45% 이상이 경제적 궁핍에 시달리고 있습니다. 주위를 둘러보면 폐휴지를 주워 유모차나 리어카에 실어 나르는 노인들을 쉽게 발견할 수 있고, 신문이나 TV에서는 노인들의 안타까운 죽음이 자주 보도됩니다. 이런 현실을 볼 때, 잘 늙어가기에 대한 논의를 한다는 것 자체가 사치 같이 여겨지기도 합니다. 하지만 이런 문제들이 생겨나는 것은 노인 시기의 중요성에 대해 사회적·개인적 관심이 부족했기 때문이 아닌가 싶기도 합니다. 나이가 들면서 '소는 살지만 말은 죽는다(牛生馬死)'는 말의 의미를 종종 되새기게 됩니다.

아주 커다란 저수지에 말과 소를 동시에 던지면 둘 다 헤엄쳐서 뭍으로 나옵니다. 말이 헤엄치는 속도가 훨씬 빨라 거의 소의 두 배 속도로 땅을 밟는데, 장마기에 큰물이 지면 이야기는 달라집니다. 갑자기 몰아닥친 홍수로 강가의 모든 것들이 물살에 쓸려 내려가는 그런 큰물에 소와 말이 동시에 빠지면 소는 살아나오는데

향기로운 노년을 위한 소통의 리더십

말은 익사하고 만다고 합니다. 그 이유는 다음과 같습니다. 말은 자신의 수영 실력을 알기에 물살을 이기려고 물을 거슬러 헤엄쳐 올라갑니다. 한 걸음 정도 전진하면, 거센 물살에 밀려 두 걸음 후퇴하기를 반복하다가 결국 지쳐서 익사하는 것입니다. 하지만 소는 절대로 물살을 거슬러 올라가지 않습니다. 그냥 물살을 등에 지고 같이 떠내려가다가 어느새 강가의 얕은 모래밭에 발이 닿고, 엉금엉금 걸어 나오는 것입니다.

이 내용이 어떤 의미를 전달하려 했는지 읽는 사람들에 따라 약간의 차이는 있을 테지만, 대부분 거센 물살을 거슬러 올라가려 했던 말의 아둔함과 소의 지혜로움 정도를 발견할 수 있을 것입니다.

저는 여기 나오는 말을 젊은 제 자신, 소를 늙은 제 자신으로 생각해 보곤 합니다. 말이 소가 되는 일이야 있겠습니까만, 참으로 나이에 어울리는 비유인 것 같습니다. 잘 늙어가기 위한 노력들에 대한 많은 이이야기들은 바로 소와 같은 자세를 전제하지 않고서는 불가능한 것들이기에 소개했습니다. '늙음이라는 물살을 받아들이기'가 모든 논의의 전제라는 것입니다.

저는 이 글의 모두에서 25세까지는 인간이 성장하는 기간이지만 그 이후는 누구나 늙어가는 기간이라고 했습니다. 그러니까 환갑 넘기신 분이 내가 왜 늙었느냐고 하시면 참 듣기가 민망합니다. 먼저 모든 상황을 순순히 받아들여야만 그 다음의 노력들이 가능하고, 또 결실을 보게 됩니다. 자 그럼 잘 늙어가기 위해 어떤 노력을 해야 할까요?

행복한 노인의 마음과 생각

잘 늙어가기 위해서는 먼저 마음가짐부터 달라져야 합니다. 이전에는 바쁘다는 이유로, 젊다는 이유로, 아무 생각 없이 살았다면 시간도 많아지고, 조금은 성숙해진 지금부터는 신중하게 생각하려는 마음을 가져야 합니다.

주변을 둘러보십시오. 어떤 사람들이 보이십니까? 가족, 동료, 친구, 옆집사람 등이 보이실 것입니다. 그들과 자신을 연계시켜 보십시오. 이들과 당신은 과연 어떤 사이인지.

다음 단계는 자신이 좋아하는 사람들과 싫어하는 사람들의 목록을 만들어 보십시오. 그리고 왜 좋고 싫은지에 대한 이유를 적어보십시오.

마지막으로 자신을 돌아보십시오. 나는 다른 이들에게 좋은 사

향기로운 노년을 위한 소통의 리더십

람일지 나쁜 사람일지. 사람은 개개인마다 다른 취향과 개성을 가지고 있습니다. 하지만 우리가 좋아하는 사람, 배우고 싶은 사람, 되고 싶은 사람들에게는 어떤 공통점이 있습니다. 그 중 몇 가지만 꼽아보자면 후한 사람, 착한 사람, 이야기를 잘 들어주는 사람, 예의바른 사람, 잘 웃는 사람, 재미있는 사람 등이 있겠습니다. 사람이라면 누구나 좋은 사람이 되길 바랄 것이고, 우리도 가능한 이런 모습으로 늙어가길 바라며, 또 그래야 합니다. 그러기 위해서는 품어야 할 마음과 버려야할 마음이 있습니다.

먼저 어떤 생각과 마음을 품는 게 좋을까요?

첫째는 앞에서 언급한 바와 같이 '나는 늙었다', '우리는 늙고 있다', '언젠간 결국 죽는다' 등의 진리를 아주 흔쾌히 받아들이는 것입니다. 즉, '수용'의 마음가짐을 가져야 합니다.

'늙었다, 어르신, 죽음' 등의 단어가 나오면 예민하게 반응하는 사람들이 있습니다. 그들은 쉼 없이 흘러가는 생체시계를 부정하며 자신은 예외라고 말하고 그렇게 믿습니다. 하지만 자연의 순리를 거스르는 것은 불가능합니다. 생로병사는 인간에게 주어진 거부할 수 없는 운명이자 철칙입니다. 그 누구든 거부할 수도, 거스를 수도 없다는 것이지요. 받아들일 수밖에 없다는 의미입니다.

흔쾌히 받아들이십시오. 노화뿐만 아니라 자신이 쥐고 있던 것들을 내려놓는 것도 받아들여야 합니다. 죽을 때까지 잘나가던 시절을 유지할 수는 없습니다. 천하장사도 힘을 잃고, 권력도 유한합니다. 직장도 잃게 되고, 앉아 있던 자리에서도 내려오게 되며, 자식이 가족의 리더가 되는 것 또한 자연스러운 일입니다. 다 내려놓으십시오.

물론 인간에게 가장 큰 공포는 아마도 죽음 그 자체일 것입니다. 그래서인지 죽음에 대한 선인들의 언급도 참 많습니다. 몇 가지만 소개해 보겠습니다.

- 죽음은 사람을 슬프게 한다. 삶의 3분의 1을 잠으로 보내는 주제에. (바이런)
- 죽음을 두려워한 나머지 삶을 시작조차 하지 못하는 사람이 많다. (벤다이크)
- 겁쟁이는 죽음에 앞서서 여러 차례 죽지만 용기 있는 자는 한 번밖에 죽지 않는다. (셰익스피어)
- 두려운 것은 죽음이나 고난이 아니라 고난과 죽음에 대한 공포이다. 때가 오면 모든 것이 분명해진다. 시간은 진리의 아버지이다. (타블레)

향기로운 노년을 위한 소통의 리더십

- 살아 있다는 습관이 붙어 버렸기 때문에 우리는 죽음을 싫어한다. 죽음은 모든 고민을 제거시켜 주는데도.(T. 브라운)
- 인생은 왕복차표를 발행하지 않는다. 일단 떠나면 다시는 돌아오지 못한다.(R. 롤랑)
- 참된 삶을 맛보지 못한 자만이 죽음을 두려워한다.(제이 메이)
- 만물은 흘러가고, 결코 머무는 일이 없다.(헤라클레이토스)
- 현재를 충실히 살아가라. 과거나 미래에 매몰되어 현재의 순간들을 허깨비처럼 보내지 않는 법을 배워야 한다. 숨 쉬고 있는 것은 지금 이 순간뿐이다.(웨인 다이어)
- 죽음은 모든 것을 평등하게 만든다.(크로디아누스)

이상의 말들을 요약하면 '결국 모든 사람은 죽게 되어 있으니 열심히 살아라', '무서워하지 말아라', '담담히 받아 들여라'입니다. 그렇습니다. 이렇게 말씀하신 분들도 대부분 다 돌아 가셨듯이 우리도 언젠간 자연으로 돌아가게 될 것입니다.

둘째, 감사하는 마음입니다. 잘 늙어가는 분들의 공통적인 속성이 감사하는 마음으로 산다는 것이라고 앞에서도 이야기한 바 있습니다.

대학 신입생 시절 철학 수업 시간에 교수님으로부터 참 희한한 이야기를 들었습니다. 소크라테스가 남긴 유언에 대한 얘기였는데 그는 악처 산티페를 부탁하면서, 동시에 옆집에서 빌린 닭 한 마리를 갚아 달라고 했답니다. 그리고 그게 유언의 전부였답니다. 그 시절 전 도저히 이해가 되지 않았습니다. 우리가 성인이라고 추앙하는 소크라테스의 유언이라면 뭔가 굉장한 것일 거라고 생각했기 때문입니다. 당시에는 믿고 싶지도 않았고 이해도 되질 않았습니다. 그러다 20여 년이 지나서 제 나름의 방식으로 소크라테스의 유언을 이해하게 되었습니다. 소크라테스는 거의 모든 학문의 아버지라는 이름을 갖게 될 정도로 인류에게 많은 영향을 미쳤습니다. 그런 그가 세상에 진 빚은 유언의 내용 그것이 전부였고, 죽는 순간까지 자신이 미처 해결하지 못한 빚을 염려한 것이었습니다. 입장을 바꿔 우리가 임종을 맞이할 때 소크라테스처럼 세상에 진 빚을 다 언급하고 죽으려면 아마 대부분의 사람은 바로 죽기가 쉽지 않을 것입니다. 우린 참 많은 사람들로부터 빚을 지고 삽니다. 그 가운데는 아는 사람도 있고, 전혀 모르는 사람도 있습니다. 또 어떤 사람에게는 신의 존재도 있습니다.

살아가다 보면 나의 잘못에 의해, 혹은 타인의 부주의에 의해 찰나의 순간 생사를 가를 만한 일들을 겪곤 합니다. 그럼에도 이

향기로운 노년을 위한 소통의 리더십

렇게 살아 있는 건 참 감사한 일입니다. 뿐만 아니라 오늘이 있기까지 부모님을 비롯한 많은 분들의 직간접적인 보살핌과 도움이 있었습니다. 어떤 부모님을 만나 어떤 상황에서 자랐든지, 오늘의 나는 그분들로부터 비롯되었고, 선생님, 친구들을 비롯한 수많은 좋은 사람들의 도움을 받아왔습니다. 살아 있음에 대해, 지금의 상황에 대해, 주위 사람들에 대해 늘 감사하는 마음을 가져야 합니다.

제가 구상하는 잘 늙어가기 프로그램 가운데에는 '감사 일기 쓰기'가 포함되어 있습니다. 하루를 마감하며 오늘의 감사 일기를 쓰는 것입니다. 유언장 대신 이 일기를 남기는 것 또한 보람찬 일이 될 거라고 생각합니다.

셋째, 불쌍히 여기는 마음입니다. 살아가면서 주위 사람들에게 실망도 하고, 아쉽기도 하고, 화가 날 때가 참 많습니다. 왜 저럴까, 왜 저렇게 밖에 못할까 하는 마음이겠죠. 그런데 이런 마음은 본인뿐만 아니라 결국 주위 사람들도 힘들게 합니다.

자식이 공부를 잘 했으면 좋겠는데 성적이 좋지 않으면 화가 납니다. 그러니 짜증도 내고 화도 내게 됩니다. 거꾸로 아이들의 입장에서 생각해 보면 어떨까요? 배우자가 속을 썩일 때면 미운 마음에 말과 행동이 거칠어지고, 원망하게 됩니다. 하지만 가족을 위해 열심히 살아오느라 어느새 늘어난 주름을 바라보고 있노라면 애잔한 마음이 들게 됩니다. 비록 젊은 날의 생기는 사라졌지만 현재 일구어 놓은 가정을 바라보며 서로 기댈 수 있는 마음가짐을 가져야 합니다.

그들은 나 때문에, 혹은 우리 때문에 무언가를 포기하고 양보한 사람들일지 모릅니다. 따라서 주위 사람들을 불쌍히 여기고, 감사하는 마음을 가져야 합니다. 상대를 불쌍히 여기면 잘 해주고 싶고, 모든 일이 쉽게 용서됩니다.

넷째, 용서하는 마음입니다. 신이 인간에게 주신 가장 큰 선물은 다름 아닌 '망각'이라고 합니다. 잊어야 할 것은 잊고 살라는 말씀이겠죠. 그런데 인간은 이 선물을 거꾸로 사용한다고 합니다. 잊어야 하는 것은 잊지 않고 잊지 말아야 할 것은 잊어버린다는 것입니다. 만약 우리가 망각을 제대로 사용했다면 우리에게 상처를 준 사람, 아픈 기억, 나쁜 말들은 잊어버리고, 우리에게 무언가를 베푼 사람들의 은혜나 훌륭한 말씀, 진리 등은 잊지 않았을 것입니다. 그런데 그게 잘 안 됩니다.

30여 년 전 미국 미시간호수에서 유람선이 침몰하여 여러 사람이 죽은 사건이 있었습니다. 그런데 이 사고를 통해 미국의 영웅이 탄생했습니다. 당시 노스웨스턴대학교의 수영 선수였던 한 학생이 10여 명의 사람을 건져낸 것입니다. 그런데 이 과정에서 그 학생은 탈진을 하여 끝내 하체를 쓰지 못하는 불구가 되고 말았습니다. 참 안타까운 일이 아닐 수 없었습니다. 이 사고가 있은 지 30년 후, 이 지역의 한 신문사 기자가 당시 불구가 된 학생, 하지만 이젠 노인이 된 그를 찾아 인터뷰를 했습니다. 기자는 이렇게 물었습니다.

"이 사고로 많은 사람을 구했지만 결국 당신은 불구가 되고 말았는데, 후회하지는 않느냐?"

그랬더니 그는 이렇게 대답했다고 합니다.

"아니다. 후회하지 않는다. 지금 그런 일이 다시 일어난다 해도 나는 똑같이 행동할 것이다. 하지만 마음 한 구석에 섭섭함은 있다. 그 사건 이후 내가 구해준 사람들 가운데 나를 찾아오거나 연락을 한 사람이 단 한 명도 없었기 때문이다."

아마 이 사람은 지금쯤 섭섭함을 넘어 그들을 용서했을 것입니다. 죽을 각오를 하고 물에 뛰어든 용기 있는 사람이라면 그들을 용서할 용기 또한 가졌을 테니까요.

당신에게도 빚을 지고 도망간 사람, 애인을 빼앗아간 사람, 아이디어를 훔쳐간 사람 등 수많은 사람들이 있겠지만 이제는 모두 용서하십시오. 미움은 타인뿐만 아니라 나 자신도 황폐하게 만드는 것입니다. 최고의 복수는 용서라는 말이 있듯이 멋지게 용서하십시오.

다섯째, 사랑하는 마음입니다. 앞서 말했던 모든 것들의 출발점이자 도착점은 결국 사랑입니다. 사랑이란 말의 사전적 뜻은 '인간의 근원적인 감정으로 인류에게 보편적이며, 인격적인 교제, 또는 인격 이외의 가치와의 교제를 가능하게 하는 힘. 특히 미움의 대립 개념으로 볼 수도 있으나 근원적인 생명적 원리로는 그러한 것도 포괄한다. 사랑은 역사적·지리적으로, 또 교제 형태에서 여러 양상을 취한다.'입니다.

고대 그리스에서의 사랑은 에로스로 불렸는데, 이것은 육체적 사랑에서부터 진리에 이르고자 하는 동경·충동까지를 포괄합니다. 그리스도교에서의 사랑, 즉 아가페는 인격적 교제(이웃에 대한 사랑)와 신에 대한 사랑을 강조하며 이것을 최고의 가치로 삼아 자기희생에 의하여 도달하게 된다고 합니다. 르네상스 시대에는 사랑을 인간 구가謳歌의 원동력으로 보았으나 이것은 사랑의 세속화를 의미하는 것처럼 보입니다. 안타깝게도 현재에서는 세속적

의미가 짙어지는 것 같습니다. 사랑은 인간의 근원적인 감정이라는 데서 힌두교의 카마, 유교의 인仁, 불교의 자비 등 모든 문화권에서 사랑을 강조하고 있습니다. 또한 사랑의 표현 방법은 한결같지 않으며 성애性愛와 우애·애국심·가족애 등 교제 형태에 따라 다릅니다. 교제 관계가 치우칠 경우에는 이상성애異常性愛나 증오에 가까운 편집적偏執的 사랑으로 변할 수 있으며, 이런 것은 사랑이라고는 하지 않습니다.

복잡하고 장황하게 썼지만 두 가지 정도로 요약됩니다. 하나는 사랑이 인간의 근원적인 감정이라는 것과 사랑의 형태가 참 다양하다는 것입니다. 따라서 사랑이 없는 인간의 삶은 상상하기 어려우며, 우리는 다양한 형태의 사랑을 하고 산다는 것입니다.

사랑은 젊은이도 늙은이도 아무런 차이 없이 할 수 있습니다. 다만 우리에겐 사랑을 할 수 있는 시간이 점점 줄어들고 있으니 더 많이 사랑하고 살아야 한다는 점이 중요합니다. 물론 받는 사랑보다는 주는 사랑이어야 합니다.

여섯째, 긍정적인 마인드입니다. 사물을 긍정적으로 보고, 긍정적으로 받아들이는 것입니다. 혹시 당신은 어떤 사람이나 사물을 대할 때 일단 무시하고, 깎아내리고, 비판하는 성향을 가지고 있지는 않습니까? 예를 들어 친구가 새 옷을 입고 왔을 때, 흠부터 발견하는 버릇이 있지는 않습니까? 긍정적인 마인드와 부정적인 마인드를 설명할 때 가장 많이 예로 드는 것이 아마도 물병에 물이 반쯤 차 있을 때 이것을 표현하는 방식일 것입니다. 누구는 '물이 반밖에 없네.'라고 하지만 누구는 '물이 아직 반이나 있네.'라고 합니다. 고슴도치도 제 새끼는 예쁘다고 합니다. 하물며 사람인데 어찌 좋은 면이 없겠습니까. 대상에 대해 좋은 점을 발견하는 것이 중요합니다. 이러한 태도는 자신에 대해서도 마찬가지입니다. 얼굴에 생긴 주름을 보고 늙음을 한탄하기보다는 내가 살아온 길의 훈장이라 생각해 보십시오. 마음이 한결 편안해지고 여유로워 질 것입니다. 사물을 긍정적으로 보는 마음가짐은 정말 중요합니다.

일곱째, 스스로를 고귀한 존재, 귀족과 같은 존재로 생각하십시오. 좋은 집안에 태어나고, 일류 대학을 나오고, 부자가 되는 것은 운도 따라야 되고 또 이루기도 쉽지 않습니다. 하지만 상상하고 생각하는 것은 내 마음대로 할 수 있습니다.

스스로를 일류라고 생각하십시오.

스스로를 훌륭하다고 생각하십시오.

향기로운 노년을 위한 소통의 리더십

그리고 스스로를 소중하다고 생각하십시오.

그러면 그런 행동이 자연스럽게 나타납니다.

의식 속에서만이라도 일류 인생을 살아보자는 것입니다.

우리는 대개 상대의 말이나 행동을 보고 그 사람을 판단하게 됩니다. 또 각자의 직업이나 일에 따라 종사자의 수준을 설정하여 그것에 맞게 판단합니다. 때문에 간혹 택시를 타다 보면 기사님의 말이나 태도에서 어찌 이런 분이 이런 일을 하실까 하는 생각을 할 때도 있습니다. 이른바 사회 지도층 인사라는 사람들의 일탈에 대해 가혹한 비판을 하는 것도 그들에 대한 기대치가 다르기 때문입니다. 그래서 언론 보도에는 '이번에 적발된 사람들 가운데는 사회의 지도층 인사인 의사, 교수, 그리고 공무원까지 끼어 있어 큰 충격을 주고 있습니다.'와 같은 문구가 나오는 것입니다.

하지만 품위나 품격은 학벌이나 집안, 직업에 따라 생겨나는 것이 아닙니다. 본인의 사고와 노력에 의해 만들어지고 배어나오는 것입니다. 그러므로 사회 지도층이 아니더라도 품위 있는 사람이 될 수 있고, 반면 사회 지도층일지라도 품위가 떨어질 수 있습니다. 현실은 삼류처럼 보여도 의식은 일류가 될 수 있습니다. 지금부터라도 고상한 생각, 품격 있는 행동으로 자신의 삶을 일류로 만들어 나가야 합니다.

여덟째, 겸손한 마음입니다. 사람은 누구나 남에게 인정받고 싶어 합니다. 자신을 좀 알아 줬으면 하는 생각이 강합니다. 때문에 자신을 미화하고 과장합니다. 하지만 사람에게는 눈이 두 개나 있고, 보는 것도 비슷합니다. 즉, 당신의 말이 진실인지 허황된 거짓인지 상대가 모두 안다는 것입니다. 사람들은 상대가 정말 잘 났다면 잘난 척 하지 않아도 잘난 것을 다 알고, 그렇지 않은 사람은 아무리 잘난 척을 해도 잘나지 않은 사람이라는 것을 알고 있습니다. 사전에서는 겸손謙遜을 '남을 존중하고 자기를 내세우지 않는 태도'라고 정의합니다. 크게 어렵지 않아 보입니다. 그저 자신을 내세우지 않고 상대를 존중해 주면 되는 건데, 이게 그렇게 어렵습니다. 가만히 듣고만 있자니 왠지 자신이 초라해지는 것 같고, 그렇다 보니 자기 이야기를 하게 됩니다. 간혹 상대가 맞장구를 쳐주면 더욱 장황하게 이야기를 늘어놓게 됩니다. 그러나 이야기를 마치고 난 후 찾아오는 공허함은 이루 말할 수 없습니다. 또한 상대가 나를 어떻게 바라보았을지 생각해보면 얼굴이 화끈해집니다. 참을 인忍 자 세 번이면 살인도 피한다고 하는데 순간의 감정으로 나에 대한 이미지를 망쳐버릴 수 있다는 것을 되새겨야 합니다. 겸손에 관련된 명언 몇 가지만 소개해 드리겠습니다.

향기로운 노년을 위한 소통의 리더십

- 신은 잘난 체하는 혀의 시끄러운 소리를 지극히 경멸하노 니.(소포클레스)
- 잘난 척 하는 것은 스스로를 약으로 죽이는 것과 같다.(벤자 민 프랭클린)
- 겸손은 모든 미덕의 근본이다.(P. J. 베일리)
- 겸손은 신이 인간에게 내린 최고의 덕이다.(브하그완)
- 겸손한 자만이 다스릴 것이요, 애써 일하는 자만이 가질 것 이다.(에머슨)

불행한 노인의 마음과 생각

존경받고 사랑받는 노인들이 공통으로 가지는 마음과 생각들이 있는 반면, 노인이 되면 반드시 버려야 할 생각과 태도도 있습니다. 이번에는 그런 버려야 할 마음과 생각들은 무엇인지 생각해 보겠습니다.

첫째, 가장 먼저 욕심을 버리십시오. '욕' 자가 들어가는 것들은 가능한 다 줄이고 버리십시오. 권력욕, 소유욕, 식욕, 성욕, 정욕 등등 '욕' 자가 들어가는 단어들은 대부분 정신적으로든 신체

적으로든 인간에게 좋지 않은 것들입니다. 게다가 그것들의 한계는 끝이 없어 절대 채워질 수 없습니다. 점점 더 많은 것을 추구하게 되고 결국엔 인간을 파멸로 이끄는 것들입니다. 그러니 욕심을 버려야 합니다. 버리는 것에 대해 생각하다 보면 자연스럽게 '양보'의 개념이 등장합니다. 나이가 들면 버스나 지하철 자리 빼고는 다 양보해 버리십시오. 우리가 욕심내는 것들의 대부분은 죽어서는 아무런 의미가 없는 것들이며, 가지고 있으면 있을수록 세상에 대한 미련만 남게 하여 잘 죽을 수 없게 만드는 것들입니다. 아무 것도 없이 왔다 아무 것도 없이 떠나야 하는 우리들이 재산이

향기로운 노년을 위한 소통의 리더십

며 좋은 직위를 가져서 무슨 영화를 누리겠습니까? 내가 어떤 사람이었는지는 나의 장례식장 모습을 통해 평가됩니다. 젊어서는 채우느라 바빴다지만 나이가 들면 비우는 데 열심을 다해야 합니다. 살아온 과정도 중요하지만 마무리를 어떻게 하느냐에 따라 결과는 달라지기 마련입니다. 즉, 좋은 사람으로 기억되길 바란다면 모든 것을 베풀고 양보한 뒤 떠나는 것만이 답입니다.

저도 요즘 버릴 것은 버리고 나눌 것은 나누기 위해 노력하고 있습니다. 보직을 마치고 연구실로 돌아오면서 오랜 만에 서랍을 뒤져보니 어떤 욕심에서인지 쓰지도 않으면서 이것저것 잔뜩 쌓

아놓고 있던 것들이 보였습니다. 시작이 반이라고 과감히 버리고 나누기 시작하니 가벼워지는 것은 연구실뿐만이 아니라 제 마음이었습니다. 뿐만 아니라 천년만년 살 것도 아니니 괜히 욕심낼 필요가 없다는 생각을 갖기 시작하자 마음에 여유가 생기기 시작했습니다.

사람들이 욕심을 부리는 이유는 대부분 자신을 위해서인 경우도 있지만 보통은 가족과 같은 자신이 소중히 여기는 것들을 위해서입니다. 하지만 어떤 이유로든 다른 사람에게 피해를 주거나 눈살을 찌푸리게 할 정도의 욕심을 부릴 필요는 없습니다. 그런 욕심은 나에게도 도움이 되지 않고 가족들이나 주위 사람들도 좋아하지 않을 것입니다.

둘째, 아픈 기억, 나쁜 기억을 잊어버리십시오. 사람은 살면서, 특히 나이가 들면서 옛 기억에 사로잡히게 됩니다. 그중에서도 아픈 기억, 나쁜 기억들은 집요하게 떠올라 자신을 괴롭힙니다. 나의 잘못으로 인한 것이었다면 후회와 자책으로, 타인에 의한 것이었다면 상대에 대한 원망과 증오로 남은 시간을 보내게 됩니다. 하지만 생각해 보십시오. 살아온 날보다 살아갈 날이 더 적게 남은 상황에서, 좋은 기억만 만들고 얘기하기도 아까운 시간에

향기로운 노년을 위한 소통의 리더십

지난날의 서운함이라든지 잘못했던 일에 대해서 왈가왈부할 시간이 어디 있겠습니까. 이미 되돌릴 수 없는 일이고, 혹은 시시비비를 따지기엔 민망할 만큼 오래된 일들입니다. 뿐만 아니라 그런 얘기들은 그동안에도 이미 자주 언급했을 것이라 생각합니다. 이런 기억들은 다 지우십시오. 나 또한 살면서 의도치 않게 남에게 실망과 상처를 안겨주었을지 모르는 만큼 당신에게 상처를 준 사람도 그게 그렇게 잘못한 일인지조차 몰랐을 수 있습니다. 더불어 이미 마무리된 일을 굳이 꺼내는 것은 도리어 상대가 악감정을 품게 할 수 있는 일이며, 당신의 건강에도 결코 도움이 되지 않습니다.

셋째, 한恨을 버리십시오. 우리 민족을 한민족이라고 합니다. 그런데 어떤 분들은 이것을 한恨이 많은 민족이라서 그렇게 부른다고 주장합니다. 수없이 많은 외침과 전쟁, 그리고 해방 이후의 격변기를 거치면서 어떤 면에서 실제로 한 많은 어른들이 적지 않습니다.

전쟁으로 인한 이산의 한, 어린 자식을 외국에 입양시켜야 했던 한, 찢어지는 가난에 대한 한, 따뜻한 부모의 정에 대한 한 등 그 종류는 사람 수만큼이나 존재하는 듯합니다. 그런데 오랜 세월이 흘러도 이 한을 풀지 못해 괴로워하고 아파하는 분들이 우리 주위에 종종 있습니다. 사람은 자신에게 닥친 일이 가장 크고 아프게 느껴집니다. 하지만 한은 크기와 정도만 다를 뿐 모든 사람이 가지고 있을 것으로 생각됩니다. 따라서 방법이 있다면 한을 풀고, 방법이 없다면 자연스럽게 잊어가는 것이 도움이 되리라 여겨집니다. 한이라는 것은 품고 산다고 해서 풀리는 것도 아니고, 삶에 도움이 되는 것도 아닙니다. 한이라는 것은 남에 대한 원망을 키우고 자신을 더욱 초라하게 만들 뿐입니다. 한을 내려놓고 지금 내게 주어진 행복에 집중하셔야 합니다.

넷째, 미움을 버려야 합니다. 앞에서 말한 원망이나 원한과 마찬가지로, 이 미움의 감정도 버려야 합니다. 한恨과 미움은 비슷해 보이지만, 개인적으로 미움은 한보다는 가벼운 것이라고 생각합니다. 그렇기에 한보다는 미움의 감정을 갖는 것이 더 쉬운 듯합니다. 우리는 살면서 남에게 상처를 입히기도 하고, 상처를 받기도 합니다. 문제는 받은 상처에 비해 그 이상으로 상대를 미워하게 된다는 것입니다. 미움이라는 것이 생기기도 쉬우면서 커지기도 쉬운 것입니다. 반대로 작아지거나 없애긴 참 힘듭니다. 그러나 미워하는 사람과는 어떤 이유로든 거리가 생기게 마련이고,

향기로운 노년을 위한 소통의 리더십

또 세월이 흘러가면서 '왜 그 사람을 그렇게 미워했을까?' 하는 생각이 들 때가 많습니다. 특히 상대가 세상을 떠났을 때 이런 생각을 더 많이 하며, 진작 용서할 것을 왜 그러지 못했던가 하고 후회하게 됩니다. 이렇듯 미움이라는 것은 지니고 있을 때도 자신을 힘들게 하지만, 없어지는 순간까지도 사람을 괴롭히는 존재입니다.

미움이라는 감정은 본인의 심리상태에 영향을 미칠 뿐만 아니라 거친 언사나 행동으로 표출되고, 혈압 상승 등 심리와 신체를 총망라해 부정적 영향을 끼칩니다. 이로 인해 대인 관계에 문제가 생기는 것은 당연합니다.

나이가 들수록 잘 들리지 않고, 잘 보이지 않고, 맛을 잘 못 느끼며, 냄새를 잘 못 맡게 되는 것이 어떤 점에서 너무 예민하게 살 필요가 없다는 것을 몸으로 느끼게 하려는 신의 섭리가 아닌가 하는 생각이 들 때가 많습니다. 혹자는 나만의 행복을 추구하는 아이 상태의 치매가 가장 행복한 병이라는 말도 합니다. 물론 전적으로 동의하지 않지만 미움보다는 행복에 집중하는 것이 가장 좋은 길인 건 맞는다고 생각합니다.

다섯째, 부정적인 마인드를 버려야 합니다. 예를 하나 들어 보겠습니다. 제가 아는 교수님 가운데 한 분은 삶 자체가 부정으로 채워져 있는 분입니다. 절대 남에 대해 칭찬하지 않고, 도리어 누구든지 얘기만 나오면 험담을 합니다. 뿐만 아니라 무슨 일이든 잘 안 될 거라며 부정적으로만 이야기 하십니다. 예를 들어 남녀가 같이 지나가면 불륜이요, 누가 학교의 보직이라도 나가면 항상 얼마 못 갈 거라고 예단하며, 끊임없이 험담과 부정의 소리를 늘어놓습니다. 이런 사람과 함께 있는 것은 그 자체만으로도 큰 스트레스로 되고, 헤어지고 나면 마치 혹독한 감정노동이라도 하고 난 느낌마저 받게 됩니다. 때때로 어떤 이들은 그분과 함께 있으면 자신도 그런 인격으로 오해받을까봐 걱정하기도 했습니다.

사람은 일생을 타인과 어울려 살아갑니다. 따라서 좋은 일이 있을 때는 같이 기뻐해주고, 잘한 일이 있으면 적극적으로 칭찬해 주어야 하며, 아픈 일이 있는 사람들은 진심으로 위로하고 격려해 주는 것이 마땅한 도리입니다. 남을 부정하다 보면 내가 타인들로부터 부정당할 수 있습니다. 사실 저도 그리 긍정적이지는 못합니다. 전공이 정치학이라서 그런지 사람이나 세상에 대해 비판적인 경향이 조금 강합니다. 그러다 보니 종종 앞에서 말한 분처럼 말하는 편입니다. 하지만 언젠가 제가 존경하는 선배 교수님께서 저의 태도에 대해 진지하게 조언해 주셨고, 그 이후 정치 비평 시간 이외에는 이런 식의 태도를 지양하기 위해 의식적으로 노력을 하

향기로운 노년을 위한 소통의 리더십

는 편입니다. 더 나아가 사람을, 아니 세상을 보다 긍정적으로 보려고 연습하는 중입니다.

우리가 가져야 할 마음과 생각, 버려야 할 마음과 생각에 대해 정리를 해 보았습니다. 이런저런 이야기를 많이 써놓았지만 간단하게 요약하자면 '좋은 것만 보고, 듣고, 생각하자.'입니다.

행복한 노인의 11가지 습관

많이 품어야 할 생각이 있고 버려야 할 생각이 있는 것처럼, 나이가 들면서 더 많이 해야 할 행동이 있고 하지 말아야 할 행동이 있습니다. 우선 나이가 들수록 더 많이 해야 할 행동들부터 생각해 보겠습니다.

첫째, 규칙적인 생활입니다. 예전에는 60세만 넘어도 환갑이라 하여 장수를 기념하는 잔치를 벌였습니다. 하지만 요즘에는 80세까지 사시는 분들이 많고, 간혹 100세를 넘기시는 분도 있어 이분들을 지칭하는 '백세인'이라는 용어가 나타기도 했습니다. 누구나 오래 살길 원하지만 단순히 오래 사는 것이 행복한 일인지는 고민해 봐야 합니다. 저는 오래 사는 것도 좋지만 '건강하게' 오래 사는 것이 진정한 장수라고 생각합니다. 장수하시는 분들의 기본적인 공통점은 규칙적인 생활을 하신다는 것입니다. 저희 아버님께서도 90세에 돌아가셨는데 항상 지키시는 것이 있으셨습니다. 바로 기상 시간과 취침 시간, 식사 시간과 식사의 양, 기도 시간과 운동 시간입니다.

어떤 연구에 따르면 백세인은 보통 사람과는 다른 DNA를 가지고 태어난다고 합니다. 그러나 현대에는 백세인의 유전자가 아니더라도 의료, 보건, 복지 여건과 영양 상태 등을 고려할 때 100세까지 사는 것이 그다지 어려울 것 같지 않습니다. 그러나 건강하고 질 높은 장수를 위한 가장 기초적이고 중요한 방법은 규칙적인 생활입니다.

둘째, 운동입니다. 나이가 들면 근력이 떨어지고, 여러 가지 신체 기능의 퇴화로 이전보다 생활이 불편해 집니다. 걷기도 힘들어지고, 허리를 꼿꼿이 펴기도 힘들고, 손도 덜덜 떨리게 됩니다. 하지만 의욕이 앞서 자신의 신체 상태를 고려하지 않고 격렬한 운동을 하는 것은 오히려 건강을 상하게 합니다. 따라서 자신의 건강 상태나 신체 능력에 따라 산보와 같은 가벼운 운동에서부터 탁구나 수영과 같이 비교적 활동량이 많은 운동 중에 골라서 해야 합니다. 물론 운동은 규칙적으로 꾸준히 해야 합니다. 운동은 건강상으로도 많은 이점이 있을 뿐만 아니라 심리적으로도 긍정적 효과가 있습니다. 어떤 운동이든지 일단 집을 나서야 하며, 다른 사람들과 어울릴 기회가 되기 때문에 우울감 및 스트레스를 없애는데 큰 도움이 됩니다.

다만 주의해야 할 부분은 운동을 즐기시는 분들 중 종종 내기를 하시기도 하는데 지나친 승부욕이 오히려 부정적인 결과를 초래할 수 있다는 것입니다. 원광대학교 보건대학원 김종인 교수팀의 연구 결과에 따르면 백세인들은 승패를 가려 스트레스를 유발할 수 있는 화투나 장기, 바둑 등의 오락 게임에 대한 관심이 팔순인의 5분의1, 환갑인의 9분의1 정도에 불과했다고 합니다.

셋째, 취미생활입니다. 자신이 젊어서부터 쭉 해오던 취미나, 해보고 싶었던 것 혹은 새로 시도해 보고 싶은 어떤 것이라도 시작하십시오. 제 주위의 분들을 보면 색소폰, 기타, 피아노와 같은 악기 연주를 배우거나 그림을 배우기도 합니다. 그밖에도 가구 만들기, 공예, 종이접기, 서예, 관상이나 사주, 사교춤, 노래 등등을 배우십시오.

참고로 시청이나 구청에서 주관하는 문화교실이나 대학의 평생교육원에 다양한 프로그램들이 잘 구비되어 있습니다. 국가에서 운영하는 이런 프로그램들은 가격 또한 저렴하여 잘 활용하면 큰 도움이 됩니다. 그런데 이것도 운동과 마찬가지로 배우기 자체가 스트레스가 되어서는 안 됩니다. 취미는 스트레스를 풀기 위해서 하는 것이지 스트레스를 만들기 위해서 시간과 돈을 투자하는 것이 아닙니다. 시험을 보는 것도 아니고, 못한다고 해서, 느리다고 해서 무슨 큰일이 일어나는 것도 아닙니다. 서두르지 말고 천천히 그냥 즐기십시오. 저의 경우 어릴 때부터 쳐왔던 기타를 평생 친구삼아 살 생각입니다. 더 나아가 노인 밴드도 하나 결성하면 좋을 것 같습니다.

참고로, 하고 싶은 것과 잘할 수 있는 것이 일치하면 좋지만 그렇지 않은 경우가 더 많다는 점도 고려해야 합니다. 잘해야만 멋진 것이 아니라, 하고 싶은 걸 한다는 것 자체가 멋진 것입니다.

넷째, 칭찬하기입니다. '칭찬은 고래도 춤추게 한다.'는 말이 있습니다. 그 큰 고래도 춤추게 할 만큼 칭찬은 위대한 힘을 가지고 있다는 얘기입니다. 저처럼 학생들을 대하는 직업을 가진 경우,

향기로운 노년을 위한 소통의 리더십

칭찬의 힘이 얼마나 큰 지 잘 압니다. 꼴찌를 일등으로 만들기도 하고, 불행한 아이를 행복한 아이로 만들기도 하는 것이 칭찬입니다. 그런데 가끔 칭찬할 거리가 없는데 어떻게 칭찬을 하느냐고 되묻는 분들이 계십니다. 그러나 한번 찾아보십시오. 눈 씻고 찾아보십시오. 반드시 뭐든 칭찬할 것이 나옵니다. 사실 칭찬이라는 것이 무언가 새로운 좋은 점을 발견했을 때나 바른 일을 했을 때만 하는 것이 아닙니다. 예를 들어 누군가 늘 입던 옷을 입고 왔을지라도 '오늘따라 더 잘 어울리는데!'라든지 '여보, 국 진짜 맛있다!' 등도 칭찬이 될 수 있습니다. 구체적으로 말씀드리자면 내가 보기에 좋고 느끼기에 좋지만 평소에 말로써 표현하지 않았던 것들을 그저 입 밖으로 말하면 그것이 칭찬이 되는 것입니다. 다만 무엇이든 과하면 독이 되듯이 칭찬을 남발하면 듣는 이로 하여금 기분을 상하게 하거나, 나에 대한 신뢰를 무너뜨리는 등 오히려 역효과를 불러일으킬 수 있다는 점도 고려해야 합니다.

다섯째, 잘 웃고 잘 울기입니다. '사내자식이 실없이 웃기는 왜 그렇게 잘 웃어?', '남자는 평생 세 번만 우는 거다.', '사내놈이 울긴 왜 울어?' 등등의 말은 남녀노소 누구나 한 번쯤은 듣거나 어디서 읽어본 말일 것입니다. 이것이 바로 전형적으로 우리나라의 사회상을 나타내주는 말들입니다. 이런 환경에서 자라난 한국 남자들은 감정 표현에 미숙합니다. 과묵함이 미덕으로 비쳐져 잘 웃지도 못하고 잘 울지도 못합니다. 저만 해도 원래 웃음과 눈물이 많은 사람이었지만 어릴 때 부모님께 잦은 꾸지람을 들으며 자라서인지 이제는 예전만큼 감정 표현에 자연스럽지 못한 것 같습니다. 그러나 이는 잘못되어도 한참 잘못된 것입니다. 희로애락喜怒哀樂은 인간의 원초적 감정입니다. 억지로 누른다고 눌러지는 것도 아니고, 억누를 필요도 없는 것들입니다. 잘 웃고 잘 우는 것은 정신 건강뿐만 아니라 신체적 건강에도 도움이 되며 이는 수많은 연구 결과들이 입증하고 있습니다. 원광대학교 김종인 교수팀의 연구 결과에 따르면 하루에 두 번 이상 웃는지 여부를 기준으로 봤을 때 백세인은 팔순인보다 10배, 환갑인보다 12배 정도 많이 웃는 것으로 나타났다고 합니다. 뿐만 아니라 나이가 들면 남녀 모두 남성호르몬과 여성호르몬이 줄어드는 호르몬 역전현상이 나타나게 됩니다. 따라서 아내들보다 남편들이 더 감정적으로 변하게 됩니다. 영화나 드라마를 보며 저와 장인어른이 아내와 장모님보다 더 자주, 더 많이 눈물을 흘리는 이유가 이것입니다. 이런 자연스러운 현상을 기꺼이 받아들여야 합니다.

향기로운 노년을 위한 소통의 리더십

여섯째는 앞서 말씀드렸던 감사하기입니다. 우리는 모두 누군가의 도움으로 살아왔고 앞으로도 그럴 것입니다. 이 세상에 존재하는 모든 사람들에게 감사의 마음을 가진다면 본인 자신의 마음도 편해지고 세상도 밝아질 것입니다. 감사해야 할 이유와 방법에 대해서는 앞에서 누누이 얘기했으니 여기서는 간략히 언급만 해두겠습니다.

일곱째, 존댓말 하기입니다. 누구나 그런 것은 아니지만 사람들은 나이가 많아질수록 사람들에게 반말을 하는 경향을 보입니다. 동양사회에서 나이가 많다는 것은, 특히 남자세계에서는 상대보다 우월한 위치를 점유하는 셈이 되기도 합니다. 하지만 입장을 바꾸어 생각해보면 처음 보는 사람이 다짜고짜 반말을 하면 기분이 좋을 리 없습니다. 특히 식당을 비롯한 서비스직의 직원들에게 반말을 하는 것은 자기 인격의 남루함을 보여주는 전형적인 태도입니다. 자신보다 약하거나 낮은 지위의 사람을 대하는 태도만 보아도 그 사람의 인격을 알 수 있습니다. 나이나 직위, 직업 그 어떠한 것과도 상관없이 사람을 진심으로 존중하는 이가 인격자입니다. 가족이나 친한 이에게도 무조건 존댓말을 사용하라고 할 수는 없겠지만 가능한 경어를 사용하는 것이 좋아 보이고, 그렇게 해야 상대 또한 당신을 존중할 것입니다.

여덟째, 청결하게 살기입니다. 길을 걷거나 버스 혹은 지하철을 타보면 냄새가 나거나 보기에도 깔끔해 보이지 않는 어르신들을 종종 뵐 수 있습니다. 물론 개인의 상황을 알 수 없기에 감히 제가 모든 상황에 대해 왈가왈부할 수는 없습니다. 하지만 청결치 못한 것은 타인이 보기에도 좋지 않을뿐더러 당사자의 건강에도 좋지 않습니다. 나이가 들면 움직임 하나하나에 힘이 들고, 귀찮아지는 것이 당연합니다. 그러나 그렇게 지내다 보면 각종 질병에 노출되고, 면역력이 약해진 상태이기 때문에 감염되기도 쉽습니다. 더불어 청결해야 내 스스로도 자신감을 갖게 되고, 타인과의 관계도 원활히 유지할 수 있습니다. 나이가 들수록 외모와 청결에 신경을 더 써서 아름답게 늙어가야 합니다.

아홉째, 종교생활이나 봉사활동을 하고 살기입니다. 감사하는 삶을 사는 사람들이 잘 늙어갈 가능성이 높고, 여러 연구에서 이러한 사실이 입증되고 있습니다. 더불어 종교생활도 잘 늙어가기에 많은 도움을 준다고 합니다. 아마도 대부분의 종교는 금욕을 강조하고, 감사하는 마음을 가르치며, 또 봉사를 강조하기 때문

향기로운 노년을 위한 소통의 리더십

이 아닌가 싶습니다. 다른 종교에 대해서는 모르겠으나 저는 개인적으로 기독교를 믿고 있기 때문에 개신교는 그렇다고 말씀드릴 수 있습니다. 기독교는 모든 일에 감사하라 가르치고 선교와 봉사에 대해 이야기하며, 금주와 금연을 강조합니다. 이러한 점에서 종교활동을 권장하며, 뿐만 아니라 종교는 결국 죽음의 문제를 다루기 때문에 죽음에 대한 공포를 상당 부분 해소시켜 줍니다. 사후세계가 있다든지, 먼지가 되어 자연으로 돌아간다든지, 혹은 다시 태어난다고 가르치든지, 나름의 해법을 제시함으로써 죽음에 대한 두려움을 덜어줍니다. 종교기관은 훌륭한 노인복지기관의 역할도 합니다. 일정한 시간의 예배와 각종 행사 및 모임은 노인들에게 좋은 시간이 됩니다. 봉사활동은 자존감과 자신감을 잃어가는 노인들에게 삶의 의미를 부여하고 자신감을 북돋우며 활력을 불어넣어 줍니다. 사람은 누구나 타인의 도움 속에 살아왔고, 나이가 많이 들었다 할지라도 지금에 이르기까지 받았던 도움과 앞으로 받게 될 도움들을 다시, 그리고 먼저 돌려준다는 생각으로 봉사를 하면 삶의 의미에 대해 진지하게 생각하고 정리하는 시간을 가질 수 있습니다. 물론 봉사 또한 자신의 힘과 경제력, 그리고 지적 능력에 맞는 활동을 선택해야 합니다. 이렇게 몸이 움직일 수 있을 때까지 봉사하는 삶을 사는 것이야말로 잘 늙어가기의 왕도입니다.

열 번째는 건강 습관 실천하기입니다. 저희 아버님은 90평생을 사시면서 하신 운동이라고는 도수체조와 얼굴 주무르기밖에 없으셨습니다. 기껏해야 10~20분 정도였지만 하루도 거르지 않고 정성을 다하셨습니다. 팔을 돌리고, 앉았다 일어났다 하는 단순 동작이었지만 항상 정확하게 하셨고 복식호흡과 함께 눈과 코, 귀를 정성을 다해 주무르셨습니다. 물론 요즘에는 건강에 대한 관심이 높아지면서 건강 습관에 대한 정보라든지 소개가 넘쳐납니다. 몸 두드리기, 머리 두드리기, 눈 돌리기, 혀 스트레칭, 족욕, 반신욕 등 다양한 방법들이 알려져 있지만 무엇보다 중요한 것은 매일하는 좋은 건강 습관을 하나 만들어 꾸준히 실천해야 한다는 것입니다.

특히 걷기는 최근 들어 가장 좋은 장수 운동법으로 각광을 받고 있습니다. 준비물이라곤 가벼운 운동화 한 켤레로 충분하니 가장 손쉽게 할 수 있는 운동이라고 생각합니다. 뿐만 아니라 하루에 30분 정도, 1주일에 4~5일씩 바르게 걷기만 해도 심장과 폐, 다리, 관절 및 체중 감량에 큰 도움이 된다고 합니다.

82

열한 번째는 보약 챙기기입니다. 보약이라고 해서 산삼이나 녹용과 같은 거창한 것들을 말하는 것이 아닙니다. 그런 것들은 모든 사람에게 잘 맞는 것도 아닐뿐더러 일상에서 손쉽게 구할 수 있는 것도 아닙니다. 요즘에는 무엇보다 홍삼이 건강식품으로 각광받고 있습니다. 하지만 홍삼도 그 가격이 만만치 않아 부담이 될 수 있습니다. 사실 이런 값비싼 약재들보다 더 좋은 보약은 따로 있습니다. 바로 자연에서 난 제철 음식입니다. 식사에 곁들여 마늘이나 양파 등을 드신다든지, 산수유나 구기자 우린 물을 마시는 것도 한 방편입니다. 단, 좋다고 해서 무작정 드시는 것이 아니라 자신의 몸에 잘 맞는 음식을 꾸준히 드시는 것이 중요합니다. 참고로 영국의 《가디언》지가 권고하고 있는 장수를 위한 건강식품을 보면, 마늘 하루 1~2알, 정제하지 않은 곡물, 야채와 과일 특히 토마토나 포도, 브로콜리 등과 생선, 차, 와인, 커피 등이 있습니다. 이중에서 자신에게 잘 맞는다고 생각되는 것들을 정해 보약이라 생각하고 꾸준히 드시길 바랍니다.

보약 챙기기를 꼭 해야 할 일에 포함시킨 것은 보약이 주는 육체적 건강을 기대해서라기보다는 심리적 위안을 위해서입니다. 보약을 먹는다고 앓던 병이 갑자기 낫는 것도 아니고, 젊은 시절로 돌아갈 수 있는 것도 아닙니다. 다만 효력이 없는 약을 먹었으나 좋은 약이라 생각하고 먹은 환자의 심리 때문에 실제로 병이 호전된다는 플라시보 효과만 보더라도 큰 효과가 있을 것이며, 앞서 말씀드린 건강식품들은 실제로도 도움이 되는 것들입니다.

불행한 노인의 6가지 습관

지금부터는 잘 늙어가기 위해서 조금씩 줄여나가거나 아예 하지 말아야 할 것들에 대해 생각해 보겠습니다.

첫째, 말을 줄여야 합니다. 얼마 전 은퇴하신 교수님들과의 모임에 다녀온 동료교수를 만났습니다. 그 교수는 은퇴하신 교수님들에 대해 '귀가 멍할 정도로 말을 많이 하신다.'고 했습니다. 차를 타든지 식사를 하든지 쉼 없이 말하는 까닭에 소화도 안 될 지경이었다고 했습니다. 교수라는 직업이 원래 말을 많이 하는 직업이지만 이 대목에서 우리는 직업이 아니라 사람 자체에 집중해야 합니다. 나이가 들수록 지갑은 열고 입은 닫아야 한다는 말이 있습니다만 실제로는 대개 나이가 들면 말이 많아지기 마련입니다. 오래 살아온 사람의 눈으로 보기에는 잘못하고 있거나 안타까운

향기로운 노년을 위한 소통의 리더십

일들이 많이 보이기 때문입니다. 하지만 의식적으로 말을 아껴야합니다. 말이라는 것이 한번 내뱉으면 주워 담을 수 없고, 말 자체가 가진 파급력은 생각보다 훨씬 큽니다. 따라서 좋은 말이 아닌 훈계의 소리나 아무런 의미가 없는 이야기들을 자꾸 얘기하는 것은 나의 지체를 깎아 내릴 위험이 있습니다.

둘째, 화내기를 더디 해야 합니다. 화를 잘 낸다는 것, 분노를 잘 표출한다는 것은 어떤 측면에서 그 사람의 도덕적 기준이 높기 때문에, 사리에 밝기 때문에, 그 일에 정통하기 때문에 그럴 수도 있습니다. 하지만 화를 내거나 분노를 삭이지 못하고 드러내는 것은 지혜로운 행동도 아니고 성숙한 사람의 모습은 더더욱 아닙니다. 특히 조직의 리더나 연장자가 분노를 통제하지 못하는 것은 조직의 유지와 발전에 전혀 도움이 되지 못하며, 구성원의 잠재력을 끌어낼 수 없게 만듭니다. 화를 참으면 병이 생긴다며 제때 화를 내야 스트레스도 풀리고 정신 건강에도 좋다고 말씀하시는 분들도 계십니다. 물론 맞는 말이기도 하지만 상황을 고려하지 않고 자신만 생각하여 내게 되는 화는 상대에게 큰 상처가 됩니다. 때때로 어른으로서 상대에게 충고의 의미로 화를 내는 것은 필요한 일이지만, 사람의 감정이라는 것이 한번 분출되면 극대화되기 쉽

향기로운 노년을 위한 소통의 리더십

상이고 따라서 화를 내기 시작하면 필요 이상으로 상대를 몰아붙이는 경우가 많습니다. 이럴 경우 상대도 처음엔 자신의 잘못에 대해 반성하다가도 그 정도가 심해지면 오히려 반감을 갖게 되거나 큰 상처를 입게 됩니다. 저의 지도교수님은 한번 화를 내시면 대부분의 학생들이 그 자리에서 그냥 죽어 없어져 버리고 싶다는 생각이 들 만큼 모욕감을 주십니다. 심지어 어떤 학생은 혼이 나고 교수님 연구실에서 나오다 큰 충격에 문을 찾지 못하고 캐비닛 문을 열어 더 혼이 난 적도 있습니다. 그날 이후로 그 학생은 선생님에 대한 울렁증이 생겨 선생님이 찾는다는 말만 들어도 덜덜 떨게 되었습니다. 한 번의 화로 인해 사제관계가 이렇게 변할 수도 있습니다. 어떤 경우든지 당한 사람은 그 기억에서 오랫동안 벗어날 수 없습니다. 선생님은 화를 낸 입장으로 그 학생의 감정이 어땠을지 신경 쓰지 않으실 것이고, 혼낸 사실조차 잊어버리실 수도 있습니다. 학생도 선생님 앞에서는 아무렇지 않은 척 할 테니까요. 그러나 그릇도 깨지면 순간접착제로 붙인다 하더라도 깨진 자국은 남습니다. 화라는 것도 그런 것 같습니다. 사과를 하고 화해를 한다고 해도, 화를 낸 당시의 언사와 행동은 다 기억에 남아 있고 그것이 상처가 될 수 있다는 것입니다. 나이가 들면 들수록 분노의 가해자 입장이 되는 경우가 많아집니다. 그렇기 때문에 더욱 더 조심해야 하는 것입니다.

셋째, 남에 대한 험담을 하지 말아야 합니다. 사람들은 주로
세 가지 종류의 이야기를 하며 산다고 합니다. 자기 자랑, 남의
험담, 그리고 음담패설인데, 그 중 제일 좋은 것이 음담패설이라
고 합니다. 왜 그럴까요? 자기 자랑을 늘어놓으면 듣는 사람이 싫
어하고, 남의 험담을 하면 왠지 미안하고, 그러니 차라리 음담패
설을 하는 것이 낫다는 것 아닐까요? 당신은 주로 어떤 종류의 이
야기를 하십니까? 이 세 가지 모두 그다지 바람직한 주제는 아닌
것 같습니다. 그 가운데 특히 남의 험담은 정말 하지 말아야 할 것
입니다. 사회과학, 특히 정치학이나 사회학을 전공하는 사람들은
상당히 비판적입니다. 그래서인지 아니면 타고난 성정인지 저도
남에 대해 매우 비판적인 편입니다. 그런데 나이가 들면서 이런
성격이 상당히 좋지 않다는 것을 절실히 느끼고 있습니다. 사람들
의 눈은 똑같습니다. 그래서 굳이 내가 나서서 비난이나 험담을
하지 않더라도 결국에는 대부분의 사람들이 그 사람의 본질을 알
게 됩니다. 그러므로 그것을 문제 삼음으로써 오히려 자기 인격에
만 문제가 발생한다는 것을 알아야 합니다. 뿐만 아니라 남의 나
쁜 점에 대해서 이야기하다 보면 흥분하기도 쉽고 거친 언사를 쓰

게 되는 경우가 많습니다. 이것은 제 얼굴에 침 뱉는 격입니다. 타인의 잘못을 당사자가 없는 자리에서 굳이 얘기하는 것과, 그 이야기를 전하는 것은 결국 나에게 큰 타격이 되어 돌아옵니다. 칭찬만 해도 모자랄 순간을 굳이 나쁜 말들로 채우는 것은 가장 어리석은 행동입니다.

넷째, 나쁜 습관들을 버리십시오. 물론 쉬운 일은 절대 아닙니다. 나쁜 습관이란 남들이 보기에 좋지 않은 습관만을 의미하는 것이 아니라, 자신에게도 좋지 않은 습관을 말하는 것입니다. 식사를 하고 나면 아무렇지 않게 큰 소리로 트림을 하거나, 아무데서나 거리낌 없이 방귀를 뀌고, 남이 보는 앞에서 마구 이를 쑤시는 것, 혹은 야식을 즐겨 먹거나, 고령임에도 불구하고 계속 사철 냉수욕을 하고, 편식을 하는 경우 등이 그 예입니다. 이러한 습관들은 상대방에게 불쾌감을 주거나 스스로의 건강에도 좋지 않은 나쁜 습관들입니다. 세 살 버릇 여든까지 간다고, 평생을 가지고 살아온 습관을 하루아침에 버리는 것은 어려운 일입니다. 하지만 남은 삶을 멋지게 채워나가기 위해 노력해 보시길 바랍니다.

다섯째, 술과 담배는 줄이거나 끊어야 합니다. 술에 대해서는 어느 정도 판단을 유보한다지만, 담배는 정말 건강에 백해무익합니다. 담배라는 것이 일종의 마약과 같아 그것을 끊는다는 것은 확고한 결심과 굉장한 인내를 요구합니다. 하지만 본인의 건강과 청결을 위해 반드시 끊어야 합니다. 반면 적당한 선을 지키면 큰 해가 되지 않는 것이 술입니다. 술에 대해서는 약간의 양은 몸에 해롭지 않을 뿐만 아니라 도리어 좋은 작용도 한다는 주장이 있습니다. 그렇다 하더라도 나이가 들수록 줄여 나가야 하며 언젠가는 끊어야 합니다. 나이가 들면 그 정도의 알코올도 감당하기 어렵기 때문입니다. 술을 감당하지 못한다는 의미는 몸이 견디기 힘들어한다는 의미를 넘어 남에게 실수를 할 수 있다는 의미를 내포하고 있습니다. 이른바 '주사'가 문제가 될 수 있습니다. 무엇이든 적당한 것이 좋습니다. 사회생활을 위해서는 술을 전혀 못하는 것도 문제지만, 즐기는 것을 넘어 술이 나를 삼키지 않도록 노력해야 합니다.

여섯째, 조급증을 버려야 합니다. 이상하게도 나이가 들면서 점점 조급해지는 분들이 많습니다. 급한 일도 없는데 종종걸음을 걷고, 남을 밀치며 버스에 오릅니다. 아마도 다리의 힘이 빠지고 혈압이 높아져서 그럴 수도 있고, 목적지에 얼른 도착해 쉬고 싶

향기로운 노년을 위한 소통의 리더십

은 마음에서 그럴 수도 있습니다. 하지만 노인들의 조급함은 정말 위험합니다. 그리고 많은 문제를 야기합니다. 조급함은 젊은 사람들에게도 사고 발생의 중요한 원인이기 때문에 나이가 들수록 침착하고 여유롭게 행동하는 것이 좋습니다. 원래 성격이 급했던 사람은 나이가 들수록 더욱 심해질 수 있기 때문에 더욱 주의해야 합니다. 쉼 없이 달려온 삶의 끝자락에서조차 쉬지 않고 달리시기엔 힘도 부치고 고달파서 보기에도 딱합니다. 스스로 천천히 여유를 가지자고 다독이며 기다림의 미학을 실천해 보시길 바랍니다.

제2부

웰 – 에이징과 소통

1

잘 늙어가기와 소통

수년 전부터 우리 사회에 소통이란 단어가 중요한 화두로 떠올랐습니다. 대통령을 비롯해 많은 저명인사들이 소통을 강조하고, 소통의 방법에 대한 책들이 서점가에 홍수처럼 쏟아져 나오고 있습니다. 그 정도로 소통의 중요성이 급부상했습니다. 그렇다면 소통이란 과연 무엇일까요? 사전적 의미를 보면 소통이란 '막히지 아니하고 잘 통함. 뜻이 서로 통하여 오해가 없음'이란 의미입니다. 그러니까 이 단어는 불통, 또는 오해라는 것이 전제되어 있는 용어라고도 할 수 있습니다. 나아가 이로 인한 불편함, 불이익, 실패 등의 단어와도 연결됩니다. 결국 소통이란 단어의 뒷면에는 필요성이란 요소가 숨어있다고 할 수 있을 것입니다. 만약 불통이나 오해가 있음에도 그것을 해결할 필요성이 없다면 소통이란 그다지 의미 있는 단어라고 할 수 없을 것입니다. '인간은 사회적 동물'이라거나 '인간은 정치적 동물'이라는 식의 언설은 인간은 혼자서는 존재할 수 없으며, 가정이나 학교, 직장 또는 특정 집단에 소속되어 살 수밖에 없고 그렇기 때문에 원활한 의사소통이 필요하다는 의미를 담고 있습니다. 따라서 소통은 자신이 속해 있는 집단 및 구성원들과의 조화로운 삶, 공동체의 목표 달성을 위해 반드시는 아닐지라도 상당히 중요한 존재임에 틀림없어 보입니다.

우리는 요즘 곳곳에서 '소외' 혹은 '왕따'라는 말을 심심찮게 들을 수 있습니다. 이로 인한 사회적 문제도 심각합니다. 뿐만 아니라 가정에서도 가족 간의 대화가 없거나 직장에서도 상하 간, 혹은 동료 간의 대화 부재로 보이지 않는 긴장감 속에서 생활하며, 어린 학생들조차 지나친 경쟁에 내몰려 스트레스에 노출되어 있는 상황이 다반사입니다. 더불어 대통령 및 정치인들과 국민의 소통 부재, 정쟁으로 아무런 성과를 내지 못하는 정치에 곪아 들어가는 국민 정서 등으로 인해 암울해진 우리나라의 상황을 고려한다면 소통의 문제가 부각되는 것은 자연스러운 일인 것 같습니다. 결국 우린 우리의 삶이 행복하지 않기 때문에 소통을 이야기하고 있다고 해도 과언이 아닐 것입니다. 가정이, 학교가, 직장이, 지역사회가, 나라가 우리에게 행복을 주고 있지 못하기 때문에 소통을 생각하고 있다는 것입니다. 어떻게 해야 공동체 속에서 나의 삶이 행복해질 수 있을까 하는 문제의식에 기초하여 소통을 생각해 볼 때, 우리는 소통에 대한 몇 가지 잘못된 편견과 소통의 기술에 대해서 많은 오해와 편견을 가지고 있음을 알 수 있습니다. 우선 우리가 소통에 대해 잘못 생각하고 있는 것들이 무엇인지부터 생각해 보기로 하겠습니다.

향기로운 노년을 위한 소통의 리더십

2

소통에 대한 5가지
오해와 편견

전에는 '대화'나 '커뮤니케이션'이라는 단어가 인간관계나 사회생
활의 문제 해결 도구로 많이 언급되었지만 이제는 '소통'이란 용
어가 더 많이 사용되고 있는 것 같습니다. 그런데 다른 용어의 경
우도 그렇지만, 이 단어를 받아들이는 방식이나 태도에는 저마다
많은 차이와 편견이 있어 보입니다.

소통이 '가장' 중요하다는 생각

소통 소통 하다 보니 소통이 공동체에서 가장 중요하다는 강박관념이 생기는 것 같습니다. 물론 소통은 중요합니다. 하지만 소통이 공동체의 전부는 아닙니다. 소통이 중요하지만 소통을 위해 공동체의 목적이 희석되거나 상실되어서는 안 된다는 것입니다. 소통 자체를 위해 너무나 많은 희생이 수반되어서도 안 됩니다.

가정, 학교, 기업, 시민단체, 그리고 지역사회에는 각각의 존재 이유와 목표가 있습니다. 그러므로 이 목표를 최대한 달성하기 위해 소통이 필요한 것이지, 소통 자체가 목적이 되어서는 안 된다는 것입니다. 극단적인 예를 하나 들어보겠습니다. 부하 직원과의 원활한 소통을 위해 부장이 힙합 학원에 다니고, 부하 직원과 밤새 술을 마시느라 정작 본연의 업무를 잘 수행할 수 없다면 이것은 진정한 소통이라 할 수 없습니다. 아들과의 관계 개선을 위해 아빠가 회사를 사직하고 1년간 무전여행을 한다고 해봅시다. 이 경우에도 의도는 좋지만 가정은 가족에게 경제적인 안정도 제공해야 하고 교육적인 기능도 수행해야 합니다. 이런 목표는 다 포기한 채 오로지 소통만을 위해 노력하는 것은 새로운 문제를 만들 수도 있다고 생각합니다.

향기로운 노년을 위한 소통의 리더십

이런 관점에서 소통 자체가 중요한 것이 아니라 공동체의 존립 목적을 위해 소통은 부가적인 기능을 해야 한다는 생각을 가져야 할 것입니다. 가족이 더 행복하기 위해, 부부가 더 사랑하기 위해, 학교가 더 우수한 인재를 양성하기 위해, 기업이 더 많은 이익을 창출하기 위해 소통이 필요하다는 것을 잊지 말아야 할 것입니다.

문제는 항상 '상대'에게 있다는 생각

저를 포함해 소통의 문제로 고민하는 많은 사람들 대부분은 문제가 상대에게 있다고 생각하는 경향이 강합니다. 나는 나름 엄청나게 노력하는데 상대방이 귀를 닫고 입을 닫고 있다는 것입니다. 과연 그럴까요? 아니면 상대도 그렇게 생각하고 있을까요? 아마 상대방도 당신과 똑같은 생각을 하고 있을 가능성이 높습니다. 우리는 역지사지易地思之란 말에 대해 잘 알고 있습니다. 하지만 진정 입장을 바꿔 생각해 보신 적은 있으신지 묻고 싶습니다. 자녀의 입장에서, 배우자의 입장에서, 학생의 입장에서, 부하 직원의 입장에서 생각해 보신 적이 있는가 하는 것입니다. 그러면 문제가 조금은 더 잘 보일 것 같습니다.

세상 사람들은 각자 모두가 다양한 역할을 지니고 있습니다. 필자와 같은 선생의 경우 학문 연구의 길을 걷다 보니 아들, 아버지, 남편뿐만 아니라 학생, 조교, 교수로서 많은 역할을 경험하게 됩니다. 그럼에도 불구하고 일단 교수라는 자리로 인해 조금은 특별한 증세를 경험하게 됩니다. 학교 안에서나 밖에서 누구보다 인정받고 존중받는 존재가 되기 때문에 겸손의 미덕을 갖기 어렵고, 권위의식에 사로잡히기 쉽습니다. 물론 모든 교수가 그렇다는 것은 아닙니다. 하지만 교수, 의사, 검사, 판사, 변호사와 같은 직업에 종사하는 사람들은 이런 전염병에 쉽게 감염되는 경우가 많습니다. 그렇기 때문에 종종 위에서 아래를 내려다보는 언행을 하기 쉽고 이런 습성이 몸에 배다 보니 상대의 눈높이에 맞춘 소통이 되지 않습니다. 이런 경우 문제는 대개 그들 자신에게 있습니다. 하지만 그들이 가진 지위나 학식이 이런 생각을 떠올리기 어렵게 만들고, 그럼으로써 상대에게만 문제가 있다는 생각을 하기 쉽다는 것입니다.

불통의 문제는 보통 쌍방이 다 가지고 있습니다. 하지만 중요한 것은 문제를 자기 자신에게서 먼저 발견하는 것입니다. 자신의 문제부터 파악해야 상대와 문제에 대한 이야기를 시작할 수 있습

향기로운 노년을 위한 소통의 리더십

니다. 나부터 소통의 문을 열어야 상대방이 들어올 수 있습니다. 자녀가 왜 나를 피하는지, 부하 직원이 왜 자신을 멀리하는지, 학생이 왜 나를 찾지 않는지, 사람들이 왜 나를 어색하게 대하는지에 대해 처절하게 돌이켜 보는 것부터가 문제 해결의 시작이자 소통의 출발점입니다.

대화만이 소통의 '유일한' 도구라는 생각

소통에 있어 대화처럼 유용한 수단은 없을 것입니다. 참으로 중요하죠. 그런데 대화 외에도 소통의 방법은 무궁무진하다는 생각입니다. 어느 목사님의 이야기입니다.

"한 권사님이 위중하다고 하셔서 전도사님 한 분과 병원에 다녀온 적이 있었습니다. 다행히 쾌차하여 교회에 있는 저를 찾아 오셨기에 전 당연히 저에게 고맙다는 말을 하실 줄 알았습니다. 제가 그분 머리에 손을 얹고 기도도 하고 하나님의 말씀도 전해드렸기 때문입니다. 그런데 저한테는 고맙다는 말 한 마디 안 하시고 같이 문병을 갔던 전도사에게만 그리도 고마워하기에 조금은 서운한 기분이 들었습니다. 그래서 그분께 무엇이 그리 고마우시냐고 물었습니다. 그랬더니 그분 말씀이 목사님이 기도하시는 중에 전도사님이 자신의 손을 잡고 눈물을 뚝뚝 흘리는 것을 보고 그게 그리도 고마웠다고 했습니다. 전도사님의 눈물이 저의 기도나 말씀보다도 더 그분의 마음을 움직인 것입니다."

그렇습니다. 어머니의 눈물의 기도가, 아버지의 침묵이, 상관의 굳게 다문 입술이 상대방을 움직일 수 있습니다.

저의 이야기를 하나 하겠습니다. 제가 진로의 문제로 이른바 방탕한 하루하루를 보내고 있을 때였습니다. 아버지가 원하는 공직자의 길을 택할 것인가, 내가 원하는 목회자의 길을 갈 것인가의 문제로 거의 매일 술을 마시고 집에도 잘 들어가지 않은 채 부모님과 눈도 맞추지 않고 지낼 때였습니다. 이것은 단순한 선택의 문제가 아니었습니다. 저에게 두 길 모두가 힘들어 보이고 잘해낼 수 있을지에 대한 염려와 불안이 동반된 선택이었기 때문이었습니다. 이러지도 저러지도 못하고 헤매기만 하던 힘든 나날들이었습니다.

여느 때와 마찬가지로 새벽 두 시경 만취 상태로 집에 들어가는데, 부모님 방 안에서 통곡 소리가 들렸습니다. 너무 놀라 방 앞으로 가 방문에 귀를 대보니 어머니가 저를 위해 기도를 하고 계

향기로운 노년을 위한 소통의 리더십

신 것이었습니다. 그런데 어머니의 기도는 아들인 제가 정신을 차리게 해달라거나, 훌륭한 사람이 되게 해달라는 것이 아니었습니다. 제가 진로에 대한 고민으로 힘들어하는 것에 대한 안타까움과 더 이상 상처받거나 힘들어하지 않길 바란다는 내용의 기도였습니다. 전 그날 밤새 울었습니다. 혹여 어머니가 들으실까봐 소리 죽여 울고 또 울었습니다. 그 이후 제 삶의 변화는 굳이 말하지 않아도 상상이 되실 것입니다. 그렇습니다. 어머니의 그 어떤 말씀보다도 저를 위해 하셨던 눈물의 기도가 저를 변화시킨 것입니다. 어머니는 자식을 위해 단 하루도 쉬지 않고 기도하셨으며, 본인의 기도대로 이루어지는 것을 보셨고, 당신이 평생 기도하셨던 대로 잠결에 하늘나라로 가셨습니다.

제 경험 하나를 더 들려 드린다면, 남자라면 누구나 입에 달고 사는 군대 이야기입니다. 대학 1학년 때 일입니다. 당시 모든 남자 대학생은 1학년 때는 문무대에 일주일간 입소하여 군사훈련을 받고, 2학년 때는 전방부대에 입소하여 경계근무를 서게 되어 있었습니다. 지금의 대학생들은 상상도 할 수 없는 일이겠지만, 당시 남자 대학생이면 누구도 피해갈 수 없는 필수 코스로, 지금 생각해보면 참 암울했던 시절의 추억입니다.

문무대에 입소하여 중대와 구대 배정을 받고 하루하루 정신없이 훈련을 받는데, 며칠이 되지 않아 두 명의 구대장이 보여주는 지휘 스타일이 너무도 극명하게 비교가 되는 것을 발견했습니다. 우리 옆 구대장은 훈련병들에게 하루 종일 잔소리를 하고 얼차려를 주지만 훈련 성과는 별로인 반면, 우리 구대장은 잔소리도 얼차려도 주지 않는데 훈련 성과가 좋고 훈련병들의 만족도도 높았습니다. 그 이유를 곰곰이 생각해 보니 두 가지 정도로 그 원인이 보였습니다. 첫째, 웬만한 사람은 두 번 이상 같은 말이 반복되면 싫어한다는 것입니다. 즉, 잔소리를 싫어합니다. 둘째, 솔선수범하지 않으면 따르지 않는다는 것입니다. 우리 구대장은 훈련을 비롯해 식사까지 우리와 함께 하기 위해 노력했습니다. 당연히 우리보다 먼저 연병장에 나와 있었고, 행군 때는 앞뒤로 끊임없이 오가며 우리들을 챙겼습니다. 반면 다른 구대장은 혼자 그늘에서 쉬고, 잘 보이지도 않았습니다. 오로지 입으로만 부대원들을 지휘하고자한 것입니다. 전 어린 나이에 중요한 교훈을 하나 얻었습니다.

'지휘는 입으로만 되는 것이 아니다.'

지금도 당시의 우리 구대장 모습이 생생합니다. 빛나는 눈과 굳게 다문 입, 당당한 걸음, 그리고 어린 대학생들에게 건빵을 건네던 따뜻한 손을 잊을 수 없습니다. 참 멋있었습니다. 수백, 아니

향기로운 노년을 위한 소통의 리더십

수천 마디의 말보다 진심이 담긴 모습 하나만으로도 소통은 이루어질 수 있습니다.

독자 여러분들에게도 이런 기억 하나쯤 있으실 겁니다. 부모님의 따뜻한 눈빛 하나만으로도 행복했던 기억, 선생님이 사주신 아이스크림 하나로 감동받았던 기억 등등 말입니다. 추억의 창고를 잘 뒤져보면 한두 가지가 아닐 것입니다. 우리들은 의외로 작은 것에서 엄청난 감동을 받는 경우가 많습니다.

다만 이와 같이 다양한 소통의 도구들에는 중요한 전제가 하나 있습니다. 바로 '성실'입니다. 성실하게 자신의 위치와 직책에 걸맞은 언행을 함으로써 우리는 사람들로부터 신뢰를 얻고 인정을 받게 됩니다. 인정받지 않고는 내가 어떠한 말이나 행동을 통해 소통을 하려 해도 통하기 어렵습니다. 스스로에게 질문을 한 번 던져보세요.

"난 성실한 부모인가?"
"난 좋은 상사인가?"
"난 훌륭한 선생인가?"
"난 진솔한 친구인가?"

이 질문에 흔쾌히 '예!'라고 할 수 있다면 당신이 시도하는 어떤 방법도 다 통할 것입니다. 반대로 '아니오!'라는 답이 더 가까이 와 닿는다면 당신이 진심을 다할지라도 상대의 동의를 얻기는 힘들 것입니다.

마지막으로 소통을 위한 도구에 대해 말씀드리자면, 대화는 소통을 위한 중요한 도구이지만 전부는 아니라는 것입니다. 때로는 침묵, 눈물, 기도, 글, 더 나아가 핸드폰으로 보내는 짧은 문자 한 통도 유용한 도구가 될 수 있습니다.

무조건 상대에게 맞추어야 한다는 생각

요즘 들어 부하 직원들과의 의사소통을 위해 노력하는 상사들에 대한 이야기가 신문이나 잡지에서 부쩍 자주 눈에 띕니다. '힙합댄스를 추는 사장님', '청바지 입고 출근하는 CEO', '직원들과 주말이면 등산을 즐기는 김부장님'과 같은 기사들입니다. 상사들이 소통을 위해 정말 처절하게 노력한다고 생각됩니다. 자식을, 학생을, 부하 직원을, 그리고 타인을 이해하기 위해 이처럼 노력한다는 것은 그 자체만으로도 큰 의미가 있습니다. 하지만 꼭 이

향기로운 노년을 위한 소통의 리더십

렇게까지 해야만 상대를 이해하고 그들과 소통할 수 있는 것인지에 대해서는 약간의 의문이 듭니다. 물론 상대의 세계를 이해하기 위해 노력하려는 것만으로도 의미는 충분합니다. 하지만 우리가 외국의 전통음식을 먹는다고 그 나라 사람들의 성향이나 특성을 이해할 수 있는 게 아닌 것처럼, 단순히 나와 다른 이들이 향유하는 문화를 체험하거나 그들과 시간을 보낸다고 해서 무조건 소통이 잘되리라고 기대하는 것은 조금 어리석은 생각이 아닌가 싶습니다. 오히려 그들은 상사가 자신의 사적인 영역에까지 침범해 오는 것에 대한 불쾌감을 느낄 수도 있습니다. 만약 이런 방법으로 효과를 보고 싶다면 상대방이 "너를 위해 내가 굳이 하는 거야"라는 느낌을 받지 않도록 주의해야 합니다. 예를 들어 아들과의 유대감을 강화하기 위해 함께 컴퓨터 게임을 하는데 아빠가 자꾸 시계를 보며 게임에 집중하지 않는다면 "아빠, 그만 둬. 나 안 놀아!"라고 하지 않을까요? 본래 의도는 상대를 이해하기 위해 일부러 하는 행동일지라도, 마치 내가 정말로 하고 싶어서 하는 것처럼 보이도록, 혹은 상대의 눈높이에 맞춰서 함께 어울려야 소통의 기반을 마련할 수 있습니다.

상대방의 입장이나 생각을 이해하기 위해 노력하는 것은 소통의 중요한 전제입니다. 하지만 상대와 똑같이 해본다고 해서 상대가 이해되는 것은 아니며, 그렇게까지 하지 않아도 됩니다. 이보다 더 중요한 것은 상대를 인정해 주는 것입니다.

"아, 요즘 아이들은 이런 게임을 좋아하는구나!"
"요즘 젊은 직원들은 술을 많이 안 마시는구나!"
"우리 남편이 이래서 낚시로 밤을 새는구나!"

이런 생각부터 해보십시오. 상대를 있는 그대로 인정하고 존중하는 것이 소통의 시작입니다.

'누구와도' 소통이 가능하다는 생각

때때로 상대가 누구이든, 혹은 어떤 상황에서든 소통은 무조건 가능하다고 믿는 분들이 계십니다. 하지만 이것은 바른 생각이 아닙니다. 세상엔 늘 '예외'라는 것이 존재하기 마련이고, 소통의 문제에서도 역시 이런 예외가 없을 수 없습니다. 특히 특정한 직업군에 속하는 사람들, 말하자면 그 직업을 얻거나 지위에 오르기가 쉽지 않고, 상대적으로 사회 지도층이라 불리는 직업에 종사

향기로운 노년을 위한 소통의 리더십

하는 사람들과의 소통이 그렇습니다.

'고집불통'이란 조금의 융통성도 없이 자신의 주장만 내세우는 사람, 한번 마음을 정하면 절대 바꾸지 않는 사람을 말합니다. 주위를 둘러보면 이런 사람들이 한두 명쯤은 꼭 있습니다. 단호하게 말해 이런 사람들과의 소통은 거의 불가능합니다. 어떤 경우에는 그런 사람과 소통하려는 노력 자체가 무의미하게 느껴질 때도 더러 있습니다.

대표적으로 정치권 인사들을 들 수 있겠습니다. 여야 간의 대립을 보면 어찌 저리 생각이 다르고, 또 어쩌면 저렇게 안 통하나 하는 생각을 누구나 하게 됩니다. 이것은 여야라는 권력관계가 만들어낸 상황 때문입니다. 정권 장악을 위해 죽기 살기로 경쟁하는 정치계에서는 지극히 자연스런 결과라는 것입니다.

예를 하나 들어보겠습니다. 일전에 미국산 수입 쇠고기 문제로 인해 야기된 광우병 파동이 있었습니다. 정부와 여당은 안전문제에 대해 거의 100% 보장을 하는 반면, 야당과 시민단체는 국민의 목숨을 담보로 한 불순한 시도라고 주장하며 광화문 네거리로 몰려 나왔습니다. 여야가 말하는 쇠고기가 각기 다른 두 종류가 아닐진대 어찌 이렇게 다른 이야기를 할까요?

4대강 사업, 코레일 파업, 밀양 송전탑 문제도 모두 소통이 불

향기로운 노년을 위한 소통의 리더십

가능한 경우입니다. 사실 양쪽이 서로를 이해하기 위해 조금의 노력이라도 보인다면 상황은 달라지겠지만 아시듯이 그들에게 그럴 의사는 전혀 없어 보입니다. 그들은 고집불통이니까요. 이럴 경우에는 소통이 아닌 다른 방법으로 문제를 해결할 수밖에 없습니다. 일차원적으로는 '시간이 해결해 준다'는 말에 기대보든지 아니면 제3의 인물에게 문제 해결을 의뢰하든지, 그것도 아니면 관계 자체를 포기할 수밖에 없습니다.

　우리는 사람에 대해 기대를 가지고 삽니다. 내가 잘하면 변하겠지, 내가 양보하면 이해해 주겠지, 언젠가는 나아지겠지 등등 많은 기대를 가지고 삽니다. 그런데 그 기대가 날이 갈수록 줄어드는 현실입니다. 소통이 강조되고 있지만 우리는 점점 더 자기 자신에게만 몰두하고 있고, 그렇기에 소통이 주목받고 있는 것이라 하겠습니다.

3

26가지 소통의 기술

앞서 소통에 대한 사람들의 일반적인 생각 내지 편견에 대해 이 야기했습니다. 지금부터는 어떻게 하면 보다 효율적으로 소통을 할 수 있을까 하는 문제에 대해 생각해 보고자 합니다. 어떻게 하 면 남편과 아내, 부모와 자녀가 잘 통해서 행복한 가정을 이룰 수 있을지, 어떻게 하면 직원들과 즐겁게 일하면서 부서의 목표를 달성할 수 있을지, 또 어떻게 하면 학생들과 보다 즐겁게 공부를 할 수 있을지 고민하는 분들과 함께 그 방법과 기술에 대해 살펴보고자 합니다.

그 전에 복습을 좀 해보자면, 소통에 대한 적극적인 노력에 앞서 먼저 소통에 대한 절실함이 있어야 하며, 문제를 자신에게서 발견하는 것, 자신이 먼저 변화되어야 한다는 것, 상대의 입장에 대해 고민할 것 등의 노력이 있어야 한다는 것입니다. 그런 연후에야 다음에 설명하는 구체적인 방법들이 보다 효과를 발휘할 것이라는 점을 인식할 필요가 있겠습니다.

함부로 비교하지 말자

제겐 여섯 살 차이가 나는 동생이 하나 있습니다. 잘생기고, 머리도 좋고, 운동도 잘하는, 제가 정말 자랑스러워하는 동생입니다. 그런데 제 동생은 철들 무렵부터 시작하여 얼마 전까지도 형인 저를 그다지 좋아하지 않았습니다. 나중에 알고 보니 동생에 대한 어머니의 질책이 그 이유였습니다. 어린 시절부터 어머니께서는 동생에게 "형은 뭐든 잘하는데 넌 도대체 왜 그러니? 형 좀 봐라, 왜 넌 그렇게 못하니?"라는 말씀을 반복하셨고, 동생은 이런 끊임없는 비교와 질책이 너무나 싫었다고 합니다. 당연히 비교의 대상이 되는 저 역시 그다지 좋아할 수가 없었던 것입니다. 제 생각에 저희 어머님은 누구보다도 현명하고 지혜로운 분이셨는데, 왜 이런 방법을 사용하셨는지 지금도 참 의아합니다. 아마도 어머니께서는 제 동생의 잠재력을 잘 알고 있었기 때문에 그랬을 것으로 짐작할 따름입니다. 다행히 어머니의 질책이 자극이 되었는지 동생은 정말 훌륭한 교수가 되었습니다. 그렇지만 저도 동생도 서로를 제대로 사랑하지 못한 채 유년기를 보내고 말았습니다. 눈에 보이는 최종적인 결과는 좋았을지 모르지만 그 과정에는 즐거움도 행복도 없었습니다. 제 동생은 그렇게 비교당하지 않았어도 열심히 노력했을 것입니다. "엄마는 네가 점점 더 잘할 걸 믿어, 힘 내!"라는 말만 했다고 하더라도 동생은 잘 자라났을 것입니다. 현명하셨던 우리 어머니처럼, 우리 역시 곧잘 상대를 위해서, 혹은 무심코, 누군가와 상대를 비교하는 말을 참 많이 합니다.

"엄만 학교 다닐 때 1등만 했어."

"내가 대리 땐 이런 일 10분이면 했어."

"내 친구 아들은 또 1등했대."

향기로운 노년을 위한 소통의 리더십

"우리 반에는 어째 너희 같은 놈들만 있냐?"

자녀나 직원, 학생들은 다 압니다. 우리 엄마가 1등만 하지 않았다는 것과 우리 부장이 그다지 유능하지 않다는 것 정도는 말이죠. 이런 말, 이런 행동들은 상대에게 의지를 북돋아주는 자극제가 아니라 오히려 마음에 상처를 내고 위축시키거나 혹은 비뚤어지게 만드는 것들입니다. 같은 말이라도 이렇게 해야 합니다.

"우리 딸, 열심히 하는 모습 보니까 좋다."
"우리 열심히 해서 제대로 된 성과 한번 내봅시다."
"너희들이 공부는 못해도 성격 하나는 일등이다."

이런 식으로 얘기를 하면 우선 듣는 이도 말하는 이도 기분이 좋아집니다. 또 이런 칭찬과 격려의 말들은 듣는 사람으로 하여금 열심히 해보겠다는 의지를 저절로 갖게 할 것입니다.

화를 낸다는 것은 실패를 인정하는 것이다

혹시 분노 관리(anger control)라는 말을 들어보신 적이 있으신가요? 얼마 전부터 리더십 이론에 자주 등장하는 용어인데, 쉽게 말해 리더가 화를 내고 있다면 그 리더는 이미 실패하고 있다는 것이 이 이론의 골자입니다.

반기문 유엔 사무총장은 화를 잘 내지 않는 사람으로 유명합니다. 화를 잘 내지 않는 것은 늘 자기보다 상대방의 입장에서 배려하고 이해하고 존중하려 하기 때문입니다. 결국 상대의 입장에서 생각해 보는 것이 화, 즉 분노를 관리하는 핵심 요령이라고 하겠습니다.

화는 여러 가지로 사람들을 무너뜨립니다. 화를 심하게 내는 사람은 그렇지 않은 사람에 비해 흡연을 할 확률과 뇌졸중, 심장병, 협심증 등의 질환에 걸릴 확률이 매우 높습니다. 또 화를 잘 다스리지 못하는 사람일수록 비만이 될 가능성이 높습니다. 뿐만 아니라 화를 잘 내는 사람들이 직장을 그만 두거나 학업을 중단할 확률이 화를 잘 내지 않는 사람에 비해 상대적으로 높다고 합니다.

우리 주위에는 쉽게 흥분하거나 화를 내는 사람들이 있습니다.

이런 사람들은 리더로서 뿐만 아니라 대화나 협상의 상대자로도 전혀 적합하지 않습니다. 중요한 자리에 올라간다 해도 실패할 확률이 거의 100%입니다. 그 정도로 화를 내거나 흥분하는 것이 나쁘다는 의미이며, 반대로 화나 흥분을 잘 제어할 수 있는 사람은 소통의 문제를 발생시키지도 않습니다. 물론 화를 통제하기 위해서는 노력을 기울여야 하며, 그런 노력을 항상 지속하기란 말처럼 쉽지 않습니다. 그렇다면 화를 통제하기 위해 어떤 노력을 해야 할까요?

첫째, 대화를 시작할 때 '상대를 설득하겠다', '이기겠다', '끝장을 보겠다' 등의 생각을 가져서는 안 됩니다. '한 번 이야기를 들어 보겠다', '오해를 풀겠다', '사과하겠다' 식의 생각을 가지고 대화에 임하는 것이 좋습니다.

둘째, 술이 끼어있는 대화는 피해야 합니다. 술자리에서 논쟁적인 대화를 한다거나, 전날 마신 술이 깨지 않은 상태에서 대화를 하게 될 경우 사람들은 일반적으로 분노를 표출하기가 쉬워집니다. 술은 감정 조절을 어렵게 하며 감정을 쉽게 극대화시켜 버리기 때문입니다. 술이 취하면 기쁨도 커지지만, 슬픔이나 분노도 배가 되기 쉽습니다. 특히 술을 잘 마시는 사람들일수록 더 그렇습니다. 문제를 풀자고 대화를 하는 진지하고 어려운 자리에서 술이 앞에 있으면 당연히 과음을 할 가능성이 높습니다. 그러다 보면 감정이 극으로 치달을 것이고 결국 상황을 악화시키게 됩니다. 그러니 술자리에서의 심각한 대화는 피하시기 바랍니다.

마지막으로 제가 즐겨 쓰는 방법은 대화 중간 중간에 물을 마시거나 차를 마시는 것입니다. 입에는 다양한 용도가 있지만, 한 번에 한 가지밖에 하지 못합니다. 즉 말을 하고 있을 때는 먹기가 어렵고, 뭘 먹고 있으면 말하기가 어렵습니다. 그리고 차나 물을 마시면 마음을 가라앉히는 데 상당한 도움이 됩니다.

이밖에 다들 개인적인 방법들이 있으실 거라고 생각합니다. 다만 명심하셔야 할 것은, 화나 분노를 표출하는 것은 당신이 대화나 소통에 실패하고 있음을 반증한다는 사실입니다.

잘난 척 하지 말자

남들과의 대화에서 사람들은 보통 세 종류의 이야기를 가장 많

향기로운 노년을 위한 소통의 리더십

이 한다고 합니다. 자기 자랑, 남의 흉, 그리고 음담패설. 이 세 가지는 물론 모두 좋은 이야기 거리가 아니지만, 굳이 그 중에서 그나마 나은 하나를 고른다면 그래도 세 번째가 낫다고 합니다. 그 정도로 사람들은 자기 자랑이나 남의 욕을 듣기 싫어한다는 것입니다. 하지만 대화를 하다 보면 자랑하고 싶은 유혹을 이기기가 참 어렵습니다. 거지도 자기 깡통 자랑한다고 하는 말이 있을 정도니까요.

그런데 자기에 대한 과장이나 지나친 미화는 소통의 적입니다. 이야기 주제부터가 듣고 싶지 않은 것이니 시작부터 엇나가는 셈입니다. 오히려 소통의 목적과 상관없이 쏟아내는 자기 자랑은 상대와의 거리를 더욱 멀어지게 하는 지름길입니다. 앞서 말씀드린 것처럼 사람들이 보고 느끼는 것은 대부분 비슷하기에, 자신이 정말 잘났다면 그것은 말하지 않아도 모두가 알아줄 것입니다. 오히려 자신이 드러내지 않았을 때 남이 먼저 발견하여 말해주는 것이 그 잘남의 가치를 한층 높이는 것이 아닐까 하는 생각이 듭니다.

나이가 들어갈수록 자기 심정을 솔직하게 표현하기가 어려워지는 것 같습니다. 본인이 원하는 바를 솔직하게 말하지 못하고 돌려서 말하거나, 아예 의견을 내지 않는 경우가 대부분입니다. 그래놓고는 상대가 자신이 원하는 대로 해주지 않는다며 화를 내곤 합니다. 이럴 경우 상대는 어안이 벙벙할 것입니다. 이처럼 말을 하지 않으면 아무도 그의 생각과 원하는 바를 알 수가 없습니다. 어떻게 당연한 걸 모를 수 있느냐고 되물을지 모르지만, 말하지 않으면 알 수 없다는 게 기본입니다.

물론 노인들이 솔직히 말을 하지 못하는 데에는 여러 이유가 있을 수 있습니다. 예컨대 자식에게 부담을 주고 싶지 않아서 요구 사항을 곧이곧대로 말하지 못하는 경우가 있습니다. 이럴 때는 물론 단도직입적으로 말하기보다는 돌려서 말하는 방법이 더 적절할 수도 있습니다. 예전 텔레비전 광고에서 보던 장면인데, 시골에 사시는 부모님이 자식에게 보내는 영상 편지에서 이런 말을 하십니다.

"옆집은 아들이 냉장고를 사줬더라. 요즘 우리 집 냉장고가 시원찮은데, 괜찮아! 걱정 말아라!"

결국 냉장고를 사달라는 말씀을 돌려하신 것이죠. 이런 경우는 감히 귀엽다고 말할 수 있겠습니다. 하지만 매번 돌려 말하는 것도 상대를 힘들게 하는 것입니다. 오히려 솔직하게 의견을 말하는 것이 상대로 하여금 당신이 원하시는 것이 무엇인지 분명히 알게 하고, 그걸 해결해 드릴 수 있도록 방향을 제시해 주는 지침이 될 것입니다.

기억하자, 안 되면 기록하자

소통은 상대에 대한 이해에서 출발하고, 이해는 관심에서 비롯됩니다. 교수 생활을 하다 보니 학생들이 감동을 하거나 학생들과 교수가 가까워지는 것이 실은 사소한 대목에서 이루어진다는 사실을 종종 발견하곤 합니다. 수많은 학생들을 상대하는 선생님이 자기들의 이름을 기억하고 불러주면 학생들은 기뻐합니다. 혹은 스쳐지나가듯 얘기했던 일들에 대해 나중에 다시 얘기하거나 사소한 변화에 대해 이야기를 해주면 신기해하고 고마워합니다. 직장에서도 마찬가지 아닐까요? 상대의 작은 변화도 칭찬해주고, 사소한 일이라도 기억해 챙겨주면 작은 것일지라도 감동을 주게 됩니다.

하지만 안타깝게도 마음과 달리 기억력이 좋지 않아 이런 일들을 놓치는 사람들이 있을 수 있습니다. 사실 아무리 기억력이 좋은 사람이라 할지라도 내 일이 아닌 수많은 다른 이의 일들을 모두 기억하기란 쉽지 않습니다. 따라서 우리는 기록을 해야만 합니다. 요즘은 핸드폰을 많이 들고 다니시기 때문에 굳이 종이와 펜이 없어도 간단하게 메모장에 기록을 할 수 있습니다. 특히 누군가와의 약속은 반드시 지킬 수 있도록 해야 합니다. 그밖에도 우연히 생일을 듣게 되면 그 날짜에 기록을 해두었다가 밥이라도 한 끼 함께 하거나 여의치 않다면 축하 문자라도 보내보십시오. 그런 작은 노력만으로도 두 사람 간의 벽은 허물어집니다.

나이가 들수록 무슨 말을 들어도 잘 기억을 못하는 경우가 많아집니다. 기억력이 감퇴해서도 그렇지만 나이가 들수록 말을 하는데 익숙해지는 반면 상대가 무슨 말을 하는지 잘 집중하지 않기 때문입니다. 게다가 상대가 학생이거나 부하 직원, 혹은 아내나 남편처럼 편한 대상일 경우 그들의 말은 더 잘 흘려듣는 경향이 있습니다. 때문에 다이어리나 메모장, 아니면 달력이나 스마트폰을 활용하여 잘 적어둘 필요가 있겠습니다.

향기로운 노년을 위한 소통의 리더십

상대방의 말에 즉각 반응하자

강의를 하다 보면 학생들의 반응을 살피지 않을 수 없습니다. 제 이야기를 잘 알아듣고 있는지, 수긍은 하는지, 재미있어 하는지, 계속 학생들의 반응을 주시하게 됩니다. 학생들의 눈이 초롱초롱하고, 잘 웃고, 탄성도 지르면서 강의에 집중해주면 강의 시간이 어떻게 지나가는지 모르게 흘러가는 반면, 아무런 반응도 하지 않고 핸드폰을 만지작거리거나 잠을 자는 등 산만한 태도를 보이면 강의실이 마치 지옥 같이 느껴집니다. 그래서 교수들은 농담도 자주 하고 칭찬도 많이 해주는 등의 노력을 통해 학생들을 집중시키려 상당히 노력을 합니다.

전 지방자치와 여성문제를 전공하는 사람이라서 공무원이나 여성단체 회원 등을 대상으로 강의할 기회가 종종 있습니다. 여성들을 대상으로 강의할 때는 정말 신이 납니다. 대답도 잘 해주고, 잘 웃고, 열심히 적고, 질문도 많이 합니다. 그러다 보니 더 이야기해주고 싶고 시간이 모자랄 정도로 열심히 하게 됩니다. 반면 남성, 특히 고위 공직자들을 대상으로 한 강의 의뢰가 오면 겁부터 납니다. 반응을 기대하기 어렵고, 가끔은 아주 냉소적인 웃음을 흘리는 분들이 있어 한 시간이 거의 하루처럼 느껴질 때가 많

기 때문입니다. 대화도 마찬가지인 것 같습니다. 나의 이야기에 귀를 기울여주고 맞장구를 쳐주는 상대를 만나면 흥이 나고 더 많이 말하고 싶은 것이 사람 심리입니다.

귀를 기울이면 눈도 자연히 상대에게 향하게 되고, 눈이 향하게 되면 그 사람의 말에 집중하게 됩니다. 그럼으로써 상대에 대한 정보와 신뢰를 얻을 수 있는 것입니다. 사소한 것일지라도 이를 통해 관계는 더욱 발전할 수 있고 돈독해질 수 있습니다.

듣고 또 듣자

저는 타고나기도 했지만 직업적인 이유로 말을 참 많이 합니다. 학생 앞에서, 청중 앞에서, 늘 주로 말을 하는 입장입니다. 그렇다 보니 일상적인 대화도 거의 제가 주도하게 됩니다. 그런데 사람들이 잘 따르고, 같이 있고 싶어 하는 사람들은 저와 같이 말이 많은 사람이 아니라, 상대방의 말을 잘 들어주는 사람이란 것을 발견할 수 있었습니다. 저는 제가 말도 잘 하고 유머러스하기 때문에 사람들이 대부분 절 좋아하는 줄 알았습니다. 그런데 사실은 제가 그 사람들을 좋아해서 다가간 것이지, 그 사람들이 저에게

다가온 것이 아니라는 사실을 나중에야 알게 되었습니다. 제가 연락을 하지 않으니까 누군가로부터 밥 먹자, 술 한잔 하자는 연락이 거의 오지 않았습니다. 여러 가지 이유가 있겠지만 제가 사람들과 어울리는 방법에 문제가 있는 것이라는 생각이 들었습니다.

아인슈타인으로 기억하는데, 그는 "내가 말을 해서 후회한 적은 있지만, 말을 안 해서 후회한 적은 없다."고 했습니다. 말을 많이 하다 보니 상대방은 지루함을 느끼게 되고, 말을 하면서 실수도 하고 상처도 주게 됩니다.

일상적인 대화를 하는데 아빠로서, 엄마로서, 선생님의 입장에서 얘기를 한다면 훈계를 늘어놓는 것과 다를 게 없습니다. 먼저 듣고 또 들으십시오. 더불어 들으면서 반박할 논리를 세우기보다는 동감하는 부분이 있으면 적극적으로 동감해 주십시오. 앞서 말한 맞장구를 치라는 것입니다. 그래야 더 깊은 이야기를 하게 됩니다.

문제를 허심탄회하게 이야기하다 보면 문제가 갑자기 사소해지기도 하고, 때로는 스스로 해결책을 찾을 수도 있습니다. 그렇기 때문에 소통을 위해서는 우선 상대방이 충분히 말을 하게 해주는 것이 최선입니다.

향기로운 노년을 위한 소통의 리더십

먼저 상대를 알아야 한다

당신은 아내(남편)에 대해, 자녀에 대해, 부하 직원에 대해, 학생에 대해 얼마나 알고 계십니까?

- 아내(남편)가 요즘 무슨 일로 고민하고 있는지, 하루를 어떻게 보내고 있는지 아시나요?
- 자녀에게 이성 친구는 있는지, 무엇을 하고 싶어하는지 아시나요?
- 학생이나 부하 직원이 어디 사는지, 아픈 데는 없는지 아시나요?

이런 것들을 알고 있는지 돌이켜 보십시오.

대화를 할 때, 벽에 부딪히는 것 가운데 하나가 바로 이런 것들입니다. 상대가 나에 대해 알고 있을 줄 알았지만 모르고 있다는 사실을 알았을 때의 허망함은 설명하기 어렵습니다. 그만큼 나에게 관심을 두지 않았다는 의미니까요. 예전에 아이의 등수는 안다지만, 그 아이가 몇 학년 몇 반인지도 알고 계시느냐고 묻는 공익 광고가 있었습니다. 이처럼 우리는 우리가 중시하는 것에만 치우

쳐 가장 기본적인 것들에는 관심을 두지 않고 사는 경우가 적지 않습니다. 알면 보이고 보이면 사랑하게 된다는 말이 있습니다. 관심을 가지고 주위를 둘러보십시오.

저도 얼마 전 스스로 몹시 부끄러움을 느낀 적이 있었습니다. 저와 아내는 연애 시절부터 맥주를 마실 때면 골뱅이무침을 주로 안주 삼았습니다. 그 기억을 더듬어 아내와 함께 술을 마시면서 안주로 골뱅이 캔을 한 통 준비했습니다. 그런데 아내는 골뱅이를 먹지 않는다고 하는 것이었습니다. 순간 당황스러웠습니다. 8년의 연애와 20년의 결혼 생활 동안 저는 착각을 하고 있었던 것이었습니다. 아내는 골뱅이무침에 들어있는 다른 것들을 먹었지 골뱅이를 먹은 적은 단 한 번도 없었다는 것입니다. 이런 식으로 생각보다 상대를 잘 모르는 경우가 많습니다. 특히 가깝고 편한 사이일수록 그런 것 같습니다. 혹시 밥을 사거나 술을 살 경우가 생기면 반드시 상대가 좋아하는 것을 사십시오. 자기 좋아하는 메뉴를 주장하고 있지는 않은지 잘 살펴보십시오. 그러면 상대를 대접한 게 아닙니다. 자기 밥상에 숟가락 하나 더 얹은 것밖에 되지 않습니다. 상대에 대한 관심이 많으면 많을수록 소통의 문제는 적어집니다.

향기로운 노년을 위한 소통의 리더십

나의 실패담을 먼저 들려주자

한 신문사에서 대학생들을 대상으로 교수님들께 가장 듣고 싶은 것이 무엇인가를 조사한 적이 있습니다. 당연히 전문지식이나 장래에 대한 이야기 같은 것이 아닐까 생각했습니다. 그런데 1위는 다름 아닌 '교수님들의 경험'이었습니다. 막연해 보이지만 아마도 교수로서보다는 한 사람의 인간으로서, 또는 삶의 선배로서의 인생 경험이 더 궁금했던 모양입니다.

주의할 점은 상대가 나의 경험을 궁금해 한다고 해서 지금의 이 자리에 오기까지 거둔 성공담만을 들려주어서는 안 된다는 것입니다. 그보다는 어떠한 역경을 넘어 지금의 내가 있게 되었는지, 그 실패담을 들려주는 쪽이 상대의 마음에 더 깊은 인상을 남기는 법입니다. 직업에 귀천은 없다지만 일반적으로 사람들은 앉아서 머리로 일한다고 생각되는 사람들, 소위 '사' 자 들어가는 직업을 가진 사람들은 인생의 쓴맛을 느껴보지 못했을 것이라 지레 짐작합니다. 고생이라곤 해보지 않았을 것이라는 것이죠. 간혹 상대의 외모만으로 판단하기도 합니다. 저만 해도 통통하고, 얼굴도 하얘서 대부분의 사람들이 고생이라고는 근처에도 안 가본 사람으로 생각합니다. 물론 학생들도 제가 공부만 열심히 해서 이 자리에 올랐다고 생각할 테지요. 하지만 사람마다 기준이 다를 뿐 누구에게나 고생하고 실패한 경험이 있기 마련입니다. 따라서 저는 1년에 한 번씩 제가 대학 이후 고생한 이야기를 들려줍니다. 그러면 학생들이 저에게 조언을 구하거나 찾아오는 일이 더 잦아집니다. 아마 교수님도 나랑 같은 사람이라는 동질감을 느꼈기 때문일 겁니다.

어떤 사람들은 자신이 고생했던 시절을 잊고 싶거나 부끄럽게 생각해서 남에게 숨기곤 합니다. 하지만 실패 한 번 하지 않고 성공한 것만큼 부끄러운 일은 없다고 생각합니다. 완벽한 사람으로 보이고 싶은 욕심은 알겠지만, 그런 욕심은 오히려 주변 사람과 나 사이에 이질감을 만들어낼 뿐입니다. 아내에게, 자녀에게, 학생에게, 동료에게 자신의 힘들었던 부분, 아픈 부분, 고통에 대해 과감하게 이야기해 주십시오. 자신의 속내를 먼저 드러내면 상대도 그만큼 마음의 문을 열 것입니다.

무관심한 칭찬은 독이다

프랑스의 작가 라 로시푸코(François Duc de La Rochefoucauld)는

향기로운 노년을 위한 소통의 리더십

"자신의 칭찬을 부정하는 자는 다시 한 번 그 칭찬을 듣기 위해서 이다."란 말을 했습니다. 그 정도로 칭찬은 들어도 들어도 또 듣고 싶은 좋은 말입니다. 하지만 칭찬에도 진심이 담기지 않으면 오히려 역효과가 납니다.

우리는 일반적으로 타인의 외모, 옷차림 등 눈에 쉽게 띄는 것들에 대해 칭찬을 하곤 합니다. 하지만 칭찬을 해야 한다는 생각에 사로잡혀 상대의 현재 상황이나 기분은 고려하지 않고 칭찬을 남발한다면 과연 상대는 그 칭찬에 기뻐할 수 있을까요?

인사치레로 칭찬을 할 수도 있지만 무엇보다 관심에서 비롯된 칭찬이야말로 진정 상대의 기분을 좋게 만들 수 있습니다.

누구나 다 힘들다고 전제하자

산다는 것은 참 쉽지 않습니다. 어릴 때부터 공부와 입시에 시달리고, 군대, 취업, 결혼, 출산과 양육, 내 집 마련, 자녀 교육, 노후 대책 등등 정말 어느 것 하나 쉬운 일이 없습니다. 그 누구도 피해갈 수 없는 가시밭길이 우리네 인생이 아닌가 싶습니다. 결과적으로 이 시대를 사는 모두가 힘들다는 말입니다. 하지만 사람이란 존재는 자신의 고통이 세상에서 제일 크다고 생각하기 마련입니다. 다른 사람의 고통은 나의 것에 비하면 미미하다고 착각하기 쉽고, 그래서 다른 이의 고통에 대해서는 코웃음을 치곤 합니다. 하지만 우리는 모두 각자의 기준에서 나름의 큰 짐을 짊어지고 살아갑니다. 이런 상황에서 "내가 얼마나 힘든지 알아?"라는 말로 대화를 시작하면 어떤 상황이 벌어질까요? 상대는 아마 말은 안 해도 "너만 힘드냐? 내가 더 힘들다."라는 생각부터 하게 될 것입니다. 나의 어려움을 내세우기보다는 동병상련의 마음으로 "요즘 힘들지?"라는 말부터 해보십시오. 아마 자기도 힘들면서 나를 먼저 챙겨준다는 생각이 들 것입니다. 우리 모두가 측은지심惻隱之心을 가지고 상대방을 보면 이해 못할 것이 없지 않을까요? 살아간다는 것은 쉽지 않고, 잘 살아간다는 것은 더욱 어렵습니다. 서로 경쟁만 하며 살아가는 팍팍한 삶 속에서 서로를 이해하고 불쌍히 여기는 마음을 가지는 것만으로도 소통은 시작될 수 있습니다.

향기로운 노년을 위한 소통의 리더십

눈을 맞추자

저는 전공 때문에 정치인들을 만날 기회가 상대적으로 많은 편입니다. 그런데 모두가 그런 것은 아니지만 악수를 하면서 제가 아닌 다른 곳을 쳐다보는 사람들이 꽤 있습니다. 물론 정치인들만 그런 것은 아닙니다만, 적지 않은 정치인들이 악수를 할 때 상대방의 눈을 쳐다보지 않고 주위를 살피는 경우가 있습니다. 물론 이런 일은 대부분 사람들이 많이 운집한 상황에서 발생합니다. 혹시라도 반드시 인사를 해야 할 사람을 놓칠게 될까봐, 또는 누가 왔나를 살피기 위해서 그러는 것일 겁니다. 하지만 악수를 하는 사람은 불쾌해집니다. 나와 인사를 나누면서 나에게는 아무런 주의도 기울이지 않는다는 것은 곧 나를 무시하는 행동으로 여겨지기 때문입니다. 그 장소에 있는 모든 사람과 악수를 한다 하더라도 눈을 마주치지 않는다면 그 누구와도 인사한 것이 될 수 없습니다. 악수뿐만 아니라 대화를 하든 무얼 하든 상대와 함께 한다면 그 사람에게 시선을 두도록 노력해야 합니다. 물론 민망할 정도로 뚫어지게 응시하라는 말은 아니란 걸 잘 아시리라 생각합니다.

함께 있고 싶은 사람이 되자

많은 사람들을 만나다 보면 간혹 만나는 것 자체가 꺼려지는 사람도 있습니다. 그 사람과 함께 있으며 불쾌하기 때문입니다. 누군가를 불쾌하게 만드는 가장 큰 요인은 대부분 그의 태도와 관련이 있습니다. 비스듬히 앉아 있는 자세, 상대방의 동의를 구하지 않고 면전에서 피우는 담배, 안정적이지 못하고 산만한 태도 등은 상대를 불안하게 만들거나 불쾌감을 느끼게 합니다. 뿐만 아니라 종업원을 비롯한 타인에 대한 반말, 불평불만, 어긋난 식사 예절, 지나치게 큰 목소리, 거친 말투 등도 그러합니다. 이러한 요소들은 함께 있는 사람으로 하여금 창피함을 느끼게 할 수 있습니다.

상대방에 대해서도 말마다 핀잔을 주거나 부정적으로 말하는 것, 자신의 이야기만 하는 것, 경청하지 않는 것 등 앞에서 하지 않아야 한다고 꼽은 것들만 하는 사람도 절대 만나고 싶지 않은 사람입니다.

나이가 들어갈수록 사람은 외로워집니다. 내가 연락하지 않아도 사람들이 먼저 나를 찾아와 함께 있고 싶어 하는 사람이 되십시오.

편견을 버리자

편견을 버려야 더 큰 눈으로, 그리고 균형 잡힌 시각으로 세상을 바라볼 수 있습니다. 편견이란 어떤 사물이나 사태에 대해 이미 가지고 있는 확고한 신념, 혹은 믿음을 말합니다. 쉽게 말해 어떠한 것에 대한 자기 나름의 확신이라 할 수 있습니다. 문제는 세상을 오래 살수록 이런 편견을 버려야 하는데 실은 편견이 더욱 깊고 강해질 수 있다는 점입니다. 애초의 잘못된 판단에 자신만의 경험이 덧보태지면서 편견이 점점 더 강하게 굳어지는 것입니다. 예를 들어 이런 생각들이 노인들이 쉽게 지니는 편견의 한 사례입니다.

"서울대를 나와야 출세할 수 있다."
"의사가 얼마나 돈을 많이 버는데……."
"이제 러시아어과는 한물갔어."
"남자는 모름지기 술을 해야 사나이지."

부인하고 싶지만 제 주변에도 이런 식의 일방적인 생각을 갖고 있는 분들이 적지 않습니다. 이런 생각을 그대로 주장하지는 않는다 하더라도 은연중에 내비치는 사람들은 상당히 많습니다. 하지만 이런 생각들은 실제 현실과 동떨어진 것일 뿐만 아니라, 특정인에게는 상처를 줄 수도 있는 매우 그릇된 생각입니다. 이런 편견에 사로잡힌 사람일수록 누군가와 대화를 나누기가 어려워지고, 점점 소외되면서 외로운 노년을 보내게 될 것은 뻔한 이치입니다.

물론 누구나 편견을 가지고 있고, 편견을 버리는 것은 쉽지 않습니다. 그러나 자신의 생각을 집요하게 주장하는 사람들은 지나치게 자신의 생각이나 경험에 집착하기 때문에 편견을 없애라는 사람들의 조언조차 듣지 않을 것입니다.

대화를 하다 보면 그 사람이 어떤 것에 대해 어떤 편견을 가지고 있는지 모두 드러납니다. 만약 그 편견의 대상에 대화 상대가 포함된다면 말하는 사람도 듣는 사람도 매우 곤혹스러울 것입니다. 진정한 대화를 위해서는 나이도, 성도, 계급도, 지위도 잠깐 내려놓아야 합니다.

자신의 확실한 편견조차 없애지 못하는 사람이 어떻게 다른 사람에게 조언을 할 수 있으며 진정한 대화를 나눌 수 있겠습니까. 엄밀히 말하자면 삶의 방식에 정답이 있다고 생각하는 것 그 자체가 편견입니다. 물론 이런 편견을 모두 버린다는 것은 매우 힘든

향기로운 노년을 위한 소통의 리더십

일입니다. 하지만 대화란 다양한 생각을 교환하면서 서로의 생각이 무언가로 합치되어 가는 과정이기 때문에 편견을 가지고 있다면 진정한 의미의 대화를 기대할 수 없습니다.

술은 소통의 해결사가 아니다

종종 사람들, 특히 남자들은 술을 같이 마셔야만 깊은 대화가 가능하다고 생각합니다. 따라서 사회에서는 술 못 마시는 사람에게 핀잔을 주기도 하고, 그 스스로도 상당한 스트레스를 받습니다. 하지만 과연 술의 힘을 빌려 늘어놓는 속마음이 진심으로 통할까 생각해 보아야 합니다. 흔히들 '취중진담'이라며 술에 취한 상태에서 하는 말이야말로 진심이라고 생각하곤 합니다. 하지만 사람 사이에는 아무리 진솔한 얘기라 해도 해서는 안 될 말이 있기 마련입니다. 그런데 술은 해도 될 말과 해서는 안 될 말을 가리지 않고 모두 내뱉게 만듭니다. 깊은 대화가 너무 깊이 가버려 오히려 갈등을 만들게 되는 셈입니다. 또한 술을 빌미로 진심을 전하려는 생각은 비겁한 발상입니다. 진심을 말할 용기가 없는 사람들이 흔히 술에 취해 속마음을 털어놓곤 합니다. 누군가가 자신의 진심을 알아주길 원한다면 멀쩡한 정신에 또박또박 마음을 전하는 것이 진정한 소통임을 명심해야 합니다.

소통은 쌍방향 통신이다

살다 보면 청산유수처럼 말을 잘하는 사람들을 만날 때가 있습니다. 그들의 이야기를 듣고 있자면 쉽게 빠져들게 됩니다. 그러나 저라면 상대가 직업적인 강사가 아닌 이상 그 사람을 다소간 의심할 것 같습니다. 마치 약장수를 대면한 느낌이랄까요. 분명 소통을 하려 마주했지만 나는 듣고, 그 사람만 말을 합니다. 소통이란 양방향성으로, 서로 대화를 주고받는 것이 기본입니다. 상대의 답을 듣지 않는다거나, 일방적 전달만을 목표로 하는 이야기는 소통이라 할 수 없습니다.

진솔한 대화를 원한다면, 잠시 유창한 말솜씨는 접어두시고 상대의 말에도 귀를 기울여 보시기 바랍니다.

매력을 발산하자

　사람은 누구나 한 가지쯤 매력을 가지고 있기 마련입니다. 성격일 수도 있고, 외모나 말솜씨 등과 같이 본인 자체가 가지고 있는 것일 수도 있습니다. 운동, 악기, 옷 스타일 등 노력에 의해 얻을 수 있는 매력도 있습니다. 자신의 역할이나 지위에 걸맞게 일을 잘해내는 것도 하나의 매력일 수 있습니다. 상대가 나에게 무언가를 잘한다며 칭찬해 준다면 일단 상대방에게 어느 정도 나의 매력이 발산된 것입니다. 매력이라 하니 무언가 부끄러워하실 분도 계실 텐데, 어떤 면에서는 인정이나 존경받을만한 점을 드러내라는 것입니다.

　저 같은 경우에는 농담하는 것을 좋아해서 학생들과 장난도 잘 치는 편입니다. 또한 학생들과 함께 공연할 수 있을 정도의 악기 실력을 가지고 있고, 그러기 위해 많은 연습을 했습니다. 이런 것들은 학생들이 저를 고지식한 교수가 아닌 인간적으로 교류할 수 있는 선생님으로 느끼게 했으며, 제가 학생들과의 소통을 손쉽게 할 수 있도록 했습니다.

　자신이 가지고 있는 장점이 무엇인지 잘 파악하여 활용해 보십시오. 산을 잘 타면 산으로 가서 본인의 역량을 보여주고, 수영을

웰-에이징 행복한 노년, 아름다운 소통의 조건

잘하면 수영을 같이 해보십시오. 매력이란 것은 갖추기 어려운 것이 결코 아닙니다. 내가 열심히 할 수 있고 좋아하는 것이라면 그것이 무엇이든 모두 나만의 매력이 될 수 있다는 생각을 가지시길 바랍니다.

준비된 1분이 열쇠다

제 경험을 돌이켜 보면, 대화는 처음 시작 1분이 가장 중요한 것 같습니다. 대화 분위기라든지 흐름이 처음 몇 마디의 말들로 결정되기 때문입니다. 당연히 칭찬이나 안부를 묻는 등 좋은 이야기로 시작하는 것이 설령 대화의 목적이 좋지 않은 것일지라도 분위기를 안정시키는 데 큰 도움이 됩니다.

첫 마디도 중요하지만, 대답이 더 결정적일 경우도 많습니다. 제가 대학에 다닐 때만 해도 면접에서 가장 중요한 덕목은 '겸손'이었습니다. 그러니까 칭찬을 하면 "과찬이십니다, 뭘요." 하는 식의 대답이 일반적이었습니다. 그런데 한 친구가 "자네 인상이 참 좋군, 잘 생겼어."라고 면접관이 말을 하자 "감사합니다!"라고 대답을 하였습니다. 면접관은 "허, 자신감도 있구만, 아주 재미있는 친구야." 하면서 관심을 보이기 시작했고, 그 친구는 대학원에 합격했습니다.

일반적인 인사와 대답, 그저 그런 식상한 말들로 대화가 시작된다면 그 끝은 보지 않아도 지루해질 것이 뻔합니다. 이왕이면 상대방이 대화에 참여하고 싶도록 기분 좋은 첫 마디를 날리는, 준비된 1분이 필요하다고 생각합니다.

말로 이기는 것은 진정으로 이기는 것이 아니다

사람들과 말을 하다 보면 언쟁을 하게 되는 경우가 종종 있습니다. 선거 방송에 나온 후보자들의 대화가 대표적입니다. 서로 이기겠다는 일념 하나에 사로잡혀 상대를 헐뜯고 깎아 내리는 경우가 대부분인데, 이런 식의 대화가 일상에서 진행된다면 누가 보아도 좋지 않을 것입니다. 대화를 하다 언쟁으로 이어지게 됐을 때,

향기로운 노년을 위한 소통의 리더십

상대에 대한 객관적 비판을 넘어 비방으로 대응하는 것은 특히 보기에 좋지 않습니다. 그런데 우리 주변에는 무슨 말을 하든지 반드시 상대를 제압해야만 한다는 강박관념에 사로잡힌 분들이 가끔 있습니다. 올바른 논쟁이 아닌 조잡한 말들로 상처를 내고, 마침내 한 쪽이 지쳐서 그만하자는 말과 함께 포기해버리는 것을 진정 이겼다고 할 수 있을까요? '목소리 큰 사람이 이긴다.'는 말도 있지만 이건 어디까지나 세태를 풍자한 말일 뿐 사실이 그렇다는 얘기는 결코 아닙니다. 감정에 못 이겨 소리를 지르고, 핏대를 세우면서 상대에겐 얘기할 기회조차 주지 않는 것은 소모적인 말싸움에 불과합니다. 나이가 들어갈수록 누군가와 대립하는 일은 만들지 말아야 하고, 설령 다툼이 일더라도 차분하게 대화로 풀어나가는 것이 현명한 방법입니다.

웃는 얼굴에는 침을 뱉지 못한다

'웃는 얼굴에 침 못 뱉는다'는 말은 우리 모두가 익히 알고 있고, 공감하는 말입니다. 한껏 인상을 쓰고 있는 사람에게 그 누가 말을 걸고 싶을까요? 가능한 일상에서 평안한 표정을 하고 있도록 노력하십시오. 입 꼬리에 약간의 긴장을 주십시오. 관상학적으로도 입 꼬리가 올라간 상은 좋은 상으로 봅니다. 미국의 시인 윌콕스(Ella Wheeler Wilcox)는 "웃으라, 그러면 이 세상도 함께 웃을 것이다. 울어라, 그러면 너 혼자 울게 되리라."라고 했습니다. 주위의 누군가가 가까이 올 수 있도록 편안한 얼굴을 만들어 보십시오. 그것만으로도 보다 많은 사람과 편안하게 지낼 수 있습니다. 사실 많은 사람들은 평상시 표정이 밝지 않습니다. 텔레비전을 보다 보면 뉴스의 배경 화면으로 나오는 길거리의 사람들 대다수가 무표정이거나 뭔가 언짢은 표정을 하고 걷습니다. 어찌 이 사람들 모두에게 나쁜 일들만 있었겠습니까? 가만히 있으면 대부분 화가 난 듯이 보인다는 반증이겠지요. 그러니 내가 저들과 같을 수 있다는 생각을 해보십시오.

의식적으로 인상을 관리하지 않으면 그다지 보기 좋은 얼굴을 유지하기가 어렵습니다. 입 꼬리를 올리고 편안한 표정을 연습하고 유지하십시오. 보다 행복한 하루가 될 것이고, 그 하루하루가 모여 행복한 삶이 될 것입니다.

향기로운 노년을 위한 소통의 리더십

타고나지 않았다면 더 노력하자

한 아이가 있었습니다. 아이는 너무 소심해서 남 앞에 서는 것이 지옥같이 느껴졌고, 화장실에 가고 싶다는 말 한마디를 못해 교실에서 바지를 절인 적이 있던 아이였습니다. 그랬던 아이가 교수가 되고 방송 진행자가 되었습니다. 바로 제 얘깁니다. 이제 저는 직업도 직업이지만 평소에도 말을 잘한다는 이야기를 듣는 어른으로 성장했습니다. 이렇게 바뀔 수 있었던 것은 어머니의 영향과 더불어 생각의 전환과 연습이 있었기 때문입니다.

너무 겁이 많아 잘 웃지도 못했고, 남 앞에서 말하는 것이 너무 떨려 무언가를 시키기 위해 저를 지목하는 선생님들이 너무도 미웠습니다. 그런데 어느 순간 이런 것이 제가 받아들여야 할 운명처럼 느껴졌습니다. 중학생이 되어 키가 훌쩍 커지자 눈에 잘 띄기도 했고, 주위에서 저를 듬직한 아이로 생각하기 시작한 것입니다. 작은 오해가 제겐 매우 부담이었습니다. 그래서 피할 수 없으니 받아들여야겠는데, 어떻게 해야 하나 고민을 했습니다. 곰곰이 생각해보니 제가 그렇게 겁이 나고 떨린 것은 잘해야겠다는 '강박감' 때문이었습니다. 결론적으로 이것을 극복하는 방법은 정말 '잘하는 것'이라고 생각을 하게 되었고, 잘하기 위해서는 '연습'

밖에 답이 없었습니다. 열심히 연습하고 누가 시키면 '올 것이 왔구나', '또 나구나' 하는 맘으로 받아들였습니다. 자꾸 하다 보니 늘게 되고 잘한다는 말을 듣게 되었습니다.

이젠 나이가 들어서 그런지 잘해야겠다는 강박감은 사라지고 잘못 해도 잘 넘기는 '뻔뻔함과 포기'로 삽니다만, 제가 말씀드리고 싶은 것은 단 한 가지입니다. 타고난 재능에는 차이가 있지만, 누구든지 노력하면 웬만큼은 극복할 수 있다는 것입니다.

상대의 자존심을 지켜주자

자존심이란 남에게 굽히지 아니하고 자신의 품위를 스스로 지키는 마음입니다. 이런 마음을 무너뜨린다는 것은 상대가 자기 스스로의 품위를 떨어뜨리게 만드는 것, 즉 화를 내게 만드는 것입니다. 뿐만 아니라 그 사람에게 큰 상처도 남기는 것입니다. 누군가 나의 자존심을 건드릴 때의 심정을 생각해 보시길 바랍니다.

자존심을 다치게 하는 말들은 대개 그 사람의 약점과 관계되어 있습니다. 스스로가 취약점이라고 생각하여 감추고 싶은 부분을 굳이 파헤쳐 드러내는 것은 그 사람에게 크나큰 모욕감을 안겨주

향기로운 노년을 위한 소통의 리더십

게 되고, 이것은 소통은커녕 나를 향한 증오심만 심어주는 것입니다.

　나의 자존심이 중요한 만큼 상대의 것도 존중해주어야 함은 어린아이라도 아는 이치일 것입니다. 자존심에 상처를 내는 말은 일종의 선전포고와도 같으며, 혹여 상대와 말다툼이 일더라도 자존심을 건드리는 말은 삼가야 함을 마음속에 새기고 항상 주의해야 합니다.

'절대'란 말로 단정 짓지 말자

　'절대'란 말은 절대 쓰지 말아야 하는 단어입니다. 인간 자체가 불완전한 존재임에도 불구하고 우리들은 너무나도 쉽게 절대란 말을 사용합니다. "넌 절대 안돼", "그건 절대 안 될 걸" 식의 말은 하지 말아야 합니다. 이는 상대방의 기를 완전히 꺾을 뿐만 아니라, 말하는 사람의 인격도 의심하게 만드는 발언입니다.

　단정적인 언어는 내기를 하는 사람들의 전유물입니다. 하루하루를 열심히 살아가는 사람들에겐 기피해야 할 단어이자 대화입니다. 말이 씨가 된다는 말처럼 말에는 사람을 움직이는 힘이 있기에 가능성을 봉쇄해 버리는 의미의 '절대'는 어떻게 보면 가장 무서운 단어일 수 있습니다. 부정적 성격을 띤 대화는 말하는 사람과 듣는 사람 모두에게 좋지 못한 영향을 끼칩니다. 이왕 해야 하는 말, 조금이라도 더 아름다운 단어를 사용해야 합니다.

유머가 힘이다

요즈음 여성들에게 가장 인기 있는 남편감은 유머러스한 사람, 즉 재미있고 재치 있는 사람이라고 합니다. 인기 있는 연예인들만 보더라도 과거에는 외모만이 인기의 주요소였던 데 반해 요즘엔 외모는 출중하지 않더라도 재치가 있다면 더 인기를 얻고 있습니다. 벤 도른은 "재치는 우리와 암흑 사이를 막아주는 유일한 벽이다"라고 말했을 정도로 유머와 재치는 삶의 중요한 활력소입니다.

같이 있으면 시간가는 줄 모르는 사람은 매우 매력적이며 다시 만나고 싶다는 생각이 들게 합니다.

제가 어렸을 때나 컸을 때나 어른들께 자주 들은 꾸중이 "실없는 놈, 싱거운 놈, 왜 이리 가볍냐?" 이런 것들이었습니다. 그만큼 우리나라에서는 재치 있는 사람을 가벼운 사람으로 여기며 곱지 않은 시선으로 바라보았습니다. 그러나 시대가 바뀌어 어른들이 혼내시던 그 가벼움은 오히려 저의 장점이 되었습니다. 사람들과 쉽게 가까워지고, 모임의 분위기를 흥겹게 만들 수 있는 재주가 많은 도움이 되었습니다.

유머로 위기를 모면하거나 세상을 즐겁게 한 일화들이 많이 있습니다. 그 가운데 처칠의 사례를 한번 들어 보겠습니다.

처칠이 의사당의 단상을 오르다가 발을 헛디뎌 넘어지게 되자, 많은 사람들이 킬킬 대고 웃었습니다. 특히 야당 의원들이 크게 소리 내어 웃었습니다. 처칠은 이를 보고 "여러분들이 저로 인해 이렇게 좋아하는 것을 본 적이 없는데, 이렇게들 좋아하시니, 정말 좋습니다. 여러분이 행복할 수만 있다면 한 번 더 넘어질 의향도 있습니다."라고 말했답니다. 당연히 그의 재치에 모두가 즐거워했답니다.

몇몇 분들 가운데 재미있는 이야기를 들으면 적어 두었다가 써 먹는 경우를 가끔 봅니다. 좋은 자세이지만 간혹 의도는 좋으나 타이밍을 못 맞춘다거나, 지나치게 길어져서 도리어 분위기를 망치는 경우가 있습니다. 결국 "아! 난 역시 안 돼.", "당신이 하면 재밌는데 내가 하면 왜 이 모양인지 몰라.", "죄송합니다."로 마무리되는 것을 보곤 합니다.

유머러스함! 쉬운 것 같지만 어려운 이것은 사실 타고나는 부분이 많은 것 같습니다. 하지만 어색하더라도 계속해서 재미를 위해 노력하는 모습이 계속되면 오히려 그 모습이 사람들에게는 친근하고 재밌게 느껴질 수도 있습니다. 뿐만 아니라 당신의 그 정성이 전달된다면 유머 자체는 아니지만 유머 덕분에 소통의 창이 열릴 수도 있습니다.

늘 감사하자

웰빙(well-being, 참살이·잘 살기)이란 단어가 우리에게 익숙해지기 시작하자, 웰다잉(well-dying, 잘 죽기)이란 단어도 우리 귀에 들려오기 시작했습니다. 아마 고령화 사회가 심화되면서 그런 것 같은데, 저도 나이가 적지 않아서인지 이 부분에 대해 관심이 가기 시작했습니다. 다만 죽기 이전에 우리는 늙어갈 것이고 그러기 위해선 잘 늙어가야 합니다.

한 연구 논문에 따르면, '이것'을 가지고 사는 사람들이 가장 건강하고 행복하게 늙어 가며 또 오래 산다고 했습니다. 이것은 무

향기로운 노년을 위한 소통의 리더십

엇일까요? 제목에서 이미 힌트를 얻으셨을 텐데 바로 '감사하는 마음'입니다. 감사한다는 뜻은 우선 만족한다는 의미고, 만족은 행복으로 이어지기 때문에 감사하며 살아가면 화를 낼 일도, 스트레스를 받을 일도 없어 자연스레 건강하게 장수할 수 있는 비결이 됩니다.

개인적으로 종교, 특히 종교의 가르침이 몸에 배어 있고 그것을 실천하기 위해 노력하는 사람들은 잘 늙어갈 개연성이 높다고 생각합니다. 종교의 가르침 중에는 감사와 관련된 것들이 많기 때문입니다. 특히 제가 믿는 기독교는 고난에도 감사하고, 가난에도 감사하고, 심지어 다치고 죽어도 감사하라고 가르칩니다. 일반인들이 보기엔 지나칠 정도로 감사를 강조할지 모르지만 이런 가르침에 충실한 종교인들이 아름답게 늙어가는 것은 어쩌면 당연한 일인지도 모릅니다.

제가 이렇게 감사하는 태도로 살아야 아름답게 늙어갈 수 있다고 자신 있게 주장하는 것은 실제로 그런 삶을 사시는 분을 가까이에서 직접 보고 있기 때문으로, 그 주인공은 바로 저의 장인어르신입니다. 저의 장인어른께서는 언제나 감사하고 기뻐하시는 삶의 방식을 변함없이 추구하시는 분입니다. 이건 이래서, 저건 저래서 감사하다며 늘 그걸 표현하십니다. 여든 셋의 연세에도 불구하고 정정한 것에 감사하다며 시간을 그냥 보내시는 법이 없는 분이기도 합니다. 운전이며 외국어 공부를 비롯해 컴퓨터 사용까지 이것저것 못하시는 것이 없으십니다.

그러나 사실 객관적인 시선으로 아버님의 삶을 돌아본다면 감사하다는 마음만을 가지고 살아오기엔 녹록치 않은 인생이었습니다. 가난한 시골에서 태어나 어렵게 서울로 올라오신 뒤 힘들게 고등학교를 마치셨습니다. 대학에 떨어지자 군에 입대하셨는데 교관들이 재주를 아까워하여 장교 임관을 권유하였고, 해병 장교가 되셨다고 합니다. 집안에서 가장 출세한 사람이 된 아버님에게 가족들은 의지했고, 항상 일가친척 한두 명은 거두어야 했으며, 무남독녀이신 장모님의 부모님을 50년간 모시고 살았습니다. 뿐만 아니라 집안의 끊임없는 사건사고로 재산을 모을 수도 없으셨습니다. 참 박하고 고달픈, 어찌 보면 누구보다도 힘든 인생살이였지만 장인어른께서는 단 한 번도 힘들다거나 싫다는 내색을 하신 적이 없습니다. 오히려 언제 어디서나 감사할 이유를 찾으십니다. 보통사람이라면 대수롭지 않게 넘겼을 일에서도 항상 감사를 표현하시니 상대방도 덩달아 기분이 좋아져 감사하는 마음에 더

향기로운 노년을 위한 소통의 리더십

많은 걸 해드리고 싶어집니다.

이제부터 작은 일에라도 감사를 표현하고, 모든 일에 감사한 마음을 가질 수 있도록 노력해 보시길 바랍니다. 우리가 소통의 문제로 고민하는 것은 교류할 상대가 있다는 의미이자, 삶의 기대와 목표가 있다는 것입니다. 그 자체부터 감사한다면 소통의 문제도 조금 작아 보일 것입니다.

일단 용서부터 하자

루소의 교육철학을 엿볼 수 있는 《에밀》이란 책에서 루소는 아이들이 잘못을 했을 때 화를 내거나 꾸중을 하지 말라고 권유합니다. 인간에게는 양심이라는 것이 있기 때문에, 그 아이가 잘못을 하는 순간 양심의 가책이라는 벌을 받게 되는데, 이미 하늘의 벌을 받은 아이에게 또 다시 꾸중을 하면 양심의 가책은 사라져 버리고 도리어 상대에 대한 미움만 생겨 반항하게 된다는 것입니다.

사람이 어떤 잘못을 저질렀을 경우 대부분은 잘못으로 인해 일어날 일들에 대해 걱정하고 두려워하게 됩니다. 자신의 잘못을 인지하고 부정적인 감정에 휩싸여 있는 사람에게 잘못을 추궁하고 몰아붙이며 윽박지른다면 그 사람은 더 깊은 수렁에 빠지게 될 것입니다.

물론 잘못으로 인해 상당한 피해를 입을 수도 있습니다. 그러나 이미 되돌릴 수 없는 일이고 화를 낸다고 해서 없었던 일이 되는 것이 아닙니다. 용서하십시오. 사실 이렇게 말하는 저부터도 실천하기 어려운 일입니다. 용서하기 어렵다면 아무런 말도 하지 말고 묵묵히 문제 해결에만 몰두하십시오. 상대는 이 일을 평생 잊지 못할 것입니다. 물론 잘못에 대해 아무런 반응도 없이 그냥 넘어가는 것은 옳지 않고, 잘못을 저지른 사람에게도 좋지 않은 처사입니다. 문제가 어느 정도 진정되고 본인의 감정도 가라앉은 뒤에 상대와 함께 차분히 대화를 하십시오. 이미 이 일로 정신적인, 심리적인 충격을 받은 상대방은 미안함과 감사함으로 당신과의 대화에 진심으로 임할 것이며, 당신의 처세에 대한 감동으로 보다 더 열심히 당신을 돕게 될 것이라 확신합니다.

향기로운 노년을 위한 소통의 리더십

4

소통하는 사회를 위한
4가지 처방전

리더십이란 '집단의 목표나 내부 구조의 유지를 위하여 구성원이
자발적으로 집단 활동에 참여하도록 유도하는 능력'이라고 할 수
있습니다. 간단하게 말하자면 조직 지도자의 자질인데, 이전에는
이런 자질이 타고나는 것이라 믿었습니다. 책임감, 추진력, 언
변, 용기, 정의감과 같은 것을 지도자의 자질로 인식하면서 동시
에 이런 것은 생득적인, 즉 타고난 것으로 본 것입니다.

하지만 요즘은 리더십을 관계론적 관점과 상황론적 관점에서 설명하는 경향이 더 우세합니다. 전자는 리더십을 구성원과의 관계에서 보아야 한다는 것이고, 후자는 리더십이란 특정 상황에서 더욱 부각된다는 관점입니다.

리더의 객관적인 자질이 아무리 뛰어나도 구성원과의 관계를 원만하게 유지하지 못하고 그들의 적극적인 참여를 이끌어내지 못한다면 아무 것도 아닙니다.

부모가 아무리 존경받는 유명인일지라도 자녀가 잘 따르지 않으면 실패한 부모입니다. 권위 있는 학자일지라도 학생들로부터 존경받지 못하면 실패한 선생에 불과합니다. 관계론적 리더십은 무엇보다 구성원들의 적극적인 참여와 충성을 확보하는 것이 리더의 가장 중요한 덕목이라고 강조합니다.

상황론적 리더십은 일상적인 상황에서는 리더십이 잘 나타나지 않지만 특정 상황에서 극명하게 나타난다는 것입니다. "난세에 영웅이 태어난다."는 말이 이 이론을 가장 간명하게 설명하는 문장인 것 같습니다. 조직이 난관에 봉착했을 때, 리더의 자질이 부각된다는 것입니다. 조직 내에 문제가 발생하고, 외부 상황이 어려워지는 등 어떠한 난관에 봉착했을 때, 리더의 능력이 확연하게 드러나게 된다는 것이 상황론적 리더십의 골자라 하겠습니다.

향기로운 노년을 위한 소통의 리더십

우리는 조직의 리더를 보통 연장자나 상급자라고 생각합니다. 하지만 이러한 명목적 리더가 반드시 실질적인 리더가 아닌 경우도 있다는 점을 염두에 둘 필요가 있습니다. 자신이 속해 있는 공동체를 둘러보십시오. 아버지나 어머니가, 부장님이, 교수님이 실질적으로 조직의 방향을 결정하고 이끌어 나가는지 잘 보십시오. 반드시 그렇지 않은 경우가 있을 것입니다. 특정인의 의사나 아이디어가 공동체를 주도해 간다면 그가 바로 실질적인 리더입니다. 소통의 리더십은 공동체의 목적을 보다 효율적으로, 보다 평화롭게 달성해 나갈 수 있도록 조정하는 능력이라고 할 수 있습니다.

이제부터는 우리가 속해 있는 각 공동체에서 발생하는 문제들을 지혜롭게 해결해 나가는 소통의 리더십에 대해 생각해 보고자 합니다.

부모와 자녀 사이의 소통

생전에 제 어머니께서는 "죽은 부모 효자는 집집마다 있다"는 말을 종종 하셨습니다. 쉽게 말하자면 청개구리에 관한 우화를 생각하시면 됩니다. 사실 저도 깊은 이해를 하지 못했으나, 수 년 전 부모님을 하늘나라에 보내드리고 나니 그 말씀이 너무도 가슴에 와 닿습니다. 부모님 말씀 안 들은 것, 효도 제대로 못한 것 등등 가슴이 아파 견딜 수 없이 괴로웠습니다. 그런데 희한하게도 부모님께 서운했던 것, 싫었던 것들은 하나도 생각이 나지 않고 오히려 제가 잘 못해드렸던 것, 속 썩였던 것들만 떠올랐습니다. 부모님에 관해서는 제게 베풀어주신 사랑과 따뜻했던 기억들만이 남았습니다. 부모님이 곁에 안 계시고 나서야 그 분들의 큰 사랑을 깨우치게 되었지만 이미 아무것도 해드릴 수 없는 상황이 돼버렸습니다.

우리는 살면서 누군가를 사랑하지만, 그 사랑한다는 이유로 서로를 힘들게 할 때가 참 많습니다. 부모 자식 간에 발생하는 갈등의 상당 부분은 아마도 공부나 입시와 관련된 것일 겁니다. 그밖에 이성 친구 문제를 비롯해 식사 습관이나 스마트폰 사용 등등 수많은 갈등의 씨앗들이 존재합니다. 사실 부모님들도 모두 유년시절에 지금의 자식들과 비슷한 갈등을 경험했을 텐데, 왜 이런 갈등은 세대를 걸쳐 계속 나타나는 것일까요? 옛말에 '콩 심은 데 콩 나고, 팥 심은 데 팥 난다.'는 말이 있습니다. 혹은 부모는 아이

향기로운 노년을 위한 소통의 리더십

의 거울이라고도 합니다. 우리는 자녀가 나와 크게 다르지 않을 거라는 전제를 가지고 아이를 상대해야 합니다. 물론 부모는 잘났는데 아이가 따라오지 못한다고 할 수도 있지만, 그런 생각이 오히려 아이를 힘들게 할 수 있다는 사실을 알아야 합니다. 나는 우리 아이에게 어떤 모습을 보여주고 있는지 진지하게 생각해 보시길 바랍니다.

나부터 내 일을 미루지 않고 성실히 해나가면서 아이에게도 같은 행동을 요구할 때 잔소리의 타당성이 부여되는 것입니다. 물론 부모가 모범적인 행동만 보여준다고 해서 자녀들이 훌륭하게 자라날 수는 없습니다. 가장 중요한 것은 깊은 사랑을 기반으로 한 자녀와의 소통입니다. 쉬워 보이지만 어려운 것이 사랑입니다. 사실 저 또한 지금의 나이가 되어서도 자녀들을 올바르게 사랑하고 있는 것인지 확신할 수가 없습니다. 자기 자식을 사랑하지 않는 부모는 없지만, 아이를 망치는 부모는 있을 수 있습니다. 사랑이란 이름 아래 아이를 마치 나의 소유물이라 생각하고, 내 뜻대로 만들려 하고 있지는 않으신지요?

자녀가 혼자 힘으로 일을 해결하려 하지 않거나, 사람들에게 무례하게 군다거나 투정이 늘어났다거나, 큰 소리나 화를 잘 낸다거나, 집에 잘 있지 않는다거나 등의 모습을 보인다면 당신의 자녀 사랑에 문제가 있을 수 있습니다.

　말을 물가로 끌고 갈 수는 있지만 물을 먹일 수는 없다는 말처럼, 부모는 자녀에게 삶의 동기를 부여하는 역할을 해야 합니다. 왜 살아야 하는지, 어떻게 살아야 하는지 등에 대한 고민을 함께하면서 자녀 스스로 세상과 직면할 수 있도록 해주어야 합니다. 뿐만 아니라, 혼자의 힘으로 살아나갈 수 있는 능력을 길러주어야 합니다.

　우리는 자녀들에게 "걱정 마, 내가 어떻게 해서라도 네 뒷바라지는 한다.", "뭐든지 해줄게." 식의 말들을 하곤 하지만, 이런 말들이 자녀를 망치는 지름길이 됩니다. 자녀뿐만이 아니라 부모의 삶도 망칠 수 있습니다. 자녀가 너무 어릴 때부터 집안 사정에 대해 잘 아는 것도 문제가 되지만, 덮어두고 키우는 것은 현명한 방법이 아닙니다. 아이가 어리다면 부모의 능력이 어느 정도인지 어렴풋이나마 알게 하고, 부모 또한 감당할 수 있는 범위 내에서만 자녀를 지원해주어야 합니다.

　제 경험을 말씀드리자면, 사실 저는 집안 형편이 괜찮은 편이라 대학교 3학년 때까지 미래에 대한 걱정을 해본 적이 없었습니다. 말만 하면 다 들어주셨으니까요. 그러다 매형의 사업 실패와 수많

향기로운 노년을 위한 소통의 리더십

은 빚보증으로 인하여 저희 집안은 하루아침에 폭삭 망하고 말았습니다. 집 안 곳곳에 빨간 딱지가 붙더니 집마저 경매로 넘어가 버렸습니다. 드라마에서나 보던 일이 제게 일어난 것이었습니다. 풍족하게 살던 여섯 가족이 방 두 칸짜리 지하 월세 방으로 옮겨 생활하게 되었고, 저는 그런 상황이 믿기지 않았습니다. 형제들과 좁은 방에 다닥다닥 붙어 칼잠을 자다 보면 불편함에 늘 새벽에 눈을 떴습니다. 캄캄한 방 안은 마치 저의 앞날 같이 느껴졌고 마음은 아직도 현실을 받아들이지 못했습니다. 부모님에 대한 원망도 많았습니다. "자식을 낳아 이런 고생을 시키다니…….", "어떻게 이런 일을 겪게 하나?" 등 분노와 억울함에 견딜 수가 없었습니다. 그러나 시간이 지날수록 오히려 부모님의 심정이 어떠할지 생각하게 되었고, 그렇게 하나둘 이해하다 보니 부모님을 원망했던 자신이 부끄러워지며 어른이 되었습니다. 이젠 부모님이 나의 보호자가 아니라 내가 늙고 가난한 부모님의 보호자가 되어야 한다는 생각이 들었습니다. 부모님께서 베풀어주시던 모든 것들을 떨쳐버리고 제 힘으로 일어서야 한다는 사실을 너무나도 늦게 배운 것입니다. 부모님이 어떤 상황이셨는지 조금이라도 관심을 가졌더라면 제가 보다 빨리 어른이 될 수 있었을 텐데, 철없이 굴던 지난날이 한심스러웠습니다.

향기로운 노년을 위한 소통의 리더십

제 아버님은 무척 과묵한 분이셨습니다. 성적 외에는 전혀 잔소리란 걸 하지 않는 분이셨습니다. 어머니는 말을 많이 하셨는데 잔소리보다는 교훈적인 가르침을 많이 주셨습니다. 그 땐 그 모든 것이 다 잔소리로 들렸습니다. 오히려 아무런 말씀도 하지 않으시는 아버지가 편했습니다. 하지만 그랬기에 아버지에 관해 떠올릴 일들이 많이 없습니다. 어머니께서는 삶의 좌우명으로 삼아도 될 만큼 삶에 도움이 되는 말씀들을 많이 해주셨기에 그 말들을 되새길 때마다 가슴속에서 어머니가 다시 살아나십니다.

"너보다 못 해 보이는 사람들에게 더 잘해라."

"지혜로운 사람을 부러워해라."

"자기 자신만 생각하고 사는 사람은 저 한 몸 건사할 정도밖에 되지 못한다. 네가 생각하는 넓이와 깊이가 너를 그만큼 책임질 만한 사람으로 성장하게 한다."

다 아는 이야기 같지만 나이가 들면 들수록 참 가슴에 와 닿는 말씀들입니다. 그렇다면 여러분은 자녀들에게 어떤 말씀을 하십니까?

"이기기 위해선 수단과 방법을 가리지 마라."

"서울대만 가면 성공은 보장된다."

"공부 못하는 친구는 사귀지 마라."

"싸우면 반드시 이겨야 한다."

혹시, 이런 식의 말씀을 들려주시는 건 아니겠지요? 저런 류의 말들은 아이를 망치고 더 나아가 우리 사회를 어둡게 만드는 씨앗입니다. 자녀들이 평생을 가슴에 품고 살아갈 수 있을만한 좋은 말들을 찾아 들려주시길 바랍니다.

다음에는 자녀들과의 대화 방법에 대해 생각해 보겠습니다.

자녀에게 이야기할 때 소리부터 지르신다면 당장 고치셔야 합니다. 소리를 지른다는 것은 화가 났을 때 나타나는 것으로 당연히 대화가 거칠어질 것입니다. 사랑하는 아이에게 소리를 지른다는 것은 '사랑'이라는 단어와 어울리지 않습니다.

아이를 부를 때는 다정한 목소리로 이름을 불러주십시오.

저는 학생들의 이름을 외우는데 따로 시간을 할애할 정도로 이름 부르기를 중요시 합니다. 다정하게 이름을 부르는 목소리에는 그 누구도 거친 대답을 하지 않을 것입니다. 대화는 이름을 불러주는 것으로부터 출발하기 때문입니다. 이어지는 대화 역시 아이에 대해 마음에 들지 않는 점 혹은 아이의 잘못에 대해 지적하는 것으로 시작하지 마십시오. 그보다는 앞에서 말한 대로 "요즘 힘들지?" 하는 식으로 시작해 보십시오. 아마도 반응은 "응, 진짜

힘들어.", 혹은 "아니, 괜찮아. 엄만 어때?", 또는 "근데 왜 물어
봐?" 이런 것들일 것입니다. 그렇다면 "너 요즘 공부하느라 너무
힘들어 보여서……." 등의 말로 차분히 이야기를 풀어나가는 것
이 좋습니다.

　그러나 좋은 분위기로 시작된 대화일지라도 좋지 않게 끝나는
경우가 많습니다. 그 이유는 대부분 아래와 같습니다.

　첫째, 주로 부모가 대화를 주도하기 때문입니다. 대화를 하자
해놓고 아이에게는 말할 기회를 주지 않는다면 그것은 대화가 아
니라 훈계입니다. 아이의 말을 많이 들어 주어야 합니다. 그리고
답을 주기보다는 질문을 던지십시오. "왜 그렇게 생각했어?", "그
래도 괜찮겠어?" 등등의 질문을 던지다 보면 아이뿐만 아니라 부
모도 차츰 정리가 되고 있음을 느낄 것입니다.

　둘째, 잘 듣고 있다가도 답답한 심정에 벌컥 화를 내는 것입니
다. 부모님 입장에서 자녀의 생각이 이해되지 않고, 어떻게 그런
생각을 하는지 화가 날 수도 있습니다. 그래서 아이의 말을 중간
에 자르고는 "넌 어찌 생각이 그 모양이냐?", "너 도대체 뭐가 되
려고 그러냐?", "니가 아직 어려서 그래." 등의 말들을 쏟아내게

됩니다. 이는 모든 노력이 수포로 돌아가는 순간이며, 이제까지 자기 말에 집중해주던 부모의 돌변하는 모습에 아이가 더 크게 상처를 받는 계기가 됩니다.

셋째, 자녀의 이야기를 진지하게 듣지 않고 건성으로 듣는 것입니다. 자녀가 볼 때, 부모가 마지못해 들어주고 있다고 느끼면 더 이상 이야기를 하기 싫어집니다. 입장을 바꿔 놓고 생각해 보십시오. 상대방이 딴 생각을 하고 있는 것 같다면 그 누구도 얘기할 마음이 생기지 않을 것입니다.

조금 전에 이야기한 것을 거듭 물어 보고, 동문서답을 할 것이라면 처음부터 대화를 하지 않는 것이 더 좋을 수 있습니다. 아이들의 눈이 더 예리한 법이니까요.

마지막으로, 자녀를 자꾸 가르치려고 하는 것입니다. 어른 입장에서, 아니 부모 입장에서 보면 아이들의 이야기가 일면 답답하고 한심하고 안타까울 수 있습니다. 그러다 보니 아주 자연스럽게 이러면 뭐가 안 되고, 저러면 뭐가 문제고 하는 식으로 자꾸 지적하고 가르치게 됩니다. 그러면 아이는 더 이상 말을 하기가 싫어집니다. 결국 또 이렇게 되고 마는구나 하는 좌절만을 다시금 경험하

향기로운 노년을 위한 소통의 리더십

게 되는 것이지요. 결국, 부모가 잘 들어주고, 잘 대답해주고, 잘 참아야만 한다는 것입니다.

이 뿐만이 아닙니다. 어느 정도의 좌절도 각오해야 합니다. 공부 잘하는 자식, 좋은 대학 다니는 자식, 높은 지위에 오르는 자식, 대부분의 부모가 바라는 자녀상일 것입니다. 하지만 우린 잘 압니다. 누구나 그렇게 될 수 있는 것은 아니라는 것을. 또한 아이가 원하는 것은 그것이 아니라는 것을 말입니다. 가수 싸이를 보십시오. 싸이의 집안은 대대손손 부유한 집안으로 아들인 싸이를 유학까지 보내며 유능한 사업가와 같은 직업을 갖길 원했을 것입니다. 그러나 싸이는 부모님 몰래 자신이 원하던 음악 대학에 다녔고 자신이 좋아하는 음악이라는 분야에서 세계적인 스타로 성장했습니다. 이처럼 아무리 부모가 노력해도 결국은 자기가 하고 싶었던 일에서 최고의 경지에 오르게 되는 법입니다. 자녀를 자신의 소유물이라 착각하지 말고, 자신이 원하는 그 무엇으로 만들려고 하지 마십시오.

실제로 자녀에 대한 잘못된 기대가 만들어낸 충격적인 사건도 있었습니다. 자식을 전국 1등으로 만들기 위해 수단과 방법을 가리지 않았던 어머니가 그 자식에게 살해되어 시신이 1년 가까이나 방 안에 방치되었던 사건입니다.

이 일화에서 과연 누가 피해자이일까요? 두 사람 모두가 피해자 아닐까요. 재판을 담당한 여판사가 눈물을 흘리며 읽어나간 판결문을 보았습니다. 자식을 기르는 어머니의 입장에서, 또 법의 집행자로서, 많은 고민을 한 흔적이 군데군데 보였습니다. 살인의 형량으로는 가벼운 3년 6개월을 선고하면서 그 학생 또한 피해자지만, 어떤 이유로든 살인을 저질렀기 때문에 일정 기간은 반성의 시간을 가져야 한다고 판결 이유를 밝혔습니다.

최근 패륜적인 범죄가 너무도 빈번하게 일어나고 있습니다. 이러한 현상은 우리에게 몇 가지 문제를 생각하게 합니다. 우선 가장 큰 요인은 가정교육 내지 가정환경의 문제이고, 그밖에 학교교육의 문제이자 사회적 문제입니다.

개인적으로 성선설에 의지하든 성악설에 기초하든, 결국 인성은 교육의 산물이라고 생각합니다. 태어날 때 지니고 나온 악한 품성을 얼마나 순화시키고 타고난 선한 성품을 얼마나 확장해 주느냐 하는 것은 궁극적으로 교육의 기능이라는 것입니다.

과연 우리의 가정과 학교, 그리고 사회가 이러한 기능을 제대로 수행하고 있는지 돌이켜 볼 때, 잘되어 간다는 생각은커녕 잘못되고 있다는 생각이 먼저 듭니다. 인생을 통틀어 봤을 때 대학이라

향기로운 노년을 위한 소통의 리더십

는 관문은 너무나도 작은 관문이라 할 수 있습니다. 그러나 그 관문이 마치 인생 전체를 결정할 것처럼 아이에게 겁을 주는 부모도, 또 그 겁을 현실화 시키려는 학벌 위주의 한국 사회도 모두 잘못하고 있습니다. 한 아이가 가진 무한한 가능성을 단지 공부 경쟁이라는 틀 안에 가두어 개인적으로는 꿈을, 전체적으로는 다양한 분야에서의 사회 발전을 억제하는 것이기 때문입니다.

더불어 요즘 부모들은 아이를 과잉 보호하곤 합니다. 그러나 인간은 사회적 존재로서 사회체계 안에서 사람들과 끊임없이 소통하며 살아가야 합니다. 인간 개개인이 자기의 의지대로만 살아서는 안 된다는 것입니다.

최근에 떠도는 이야기를 들어보니, 아이가 식당에서 소란을 피워 다른 손님이 아이를 혼내면 오히려 그 부모가 미안해하기는커녕 아이의 기를 죽인다며 그 손님에게 화를 낸다고 합니다. 모든 부모가 그렇지는 않겠지만 이런 경우 그 아이가 정말로 자존감이 높은 훌륭한 아이로 성장할 수 있을지 생각해 보십시오. 아마 무엇이 그른 행동이며 남에게 피해를 주는 것인지 구분조차 하지 못하는 사람이 될 가능성이 높습니다. 아이를 칭찬으로 키우는 것만큼, 잘못에 대한 적절한 훈계로 타인에 대한 배려와 예절을 가르쳐야 합니다.

좋은 사회는 사회의 중요성을 인식하고, 사회 발전에 기여하는 사람들이 많아야 가능합니다. 양보를 하고 협력을 하는 것은 이러한 행위가 궁극적으로 좋은 사회를 만들고 자신의 삶을 안전하고 윤택하게 한다는 것을 잘 이해하고 있기 때문입니다.

결국 가정교육이나 학교교육, 그리고 사회교육의 방향은 기본적으로 조화로운 인간을 길러내는 데 맞추어져야 한다는 것입니다.

"우리 애기, 철들었네.", "이제 다 컸어." 이런 말들은 언제 쓰는 말인가요? 아마도 아이가 자신의 감정이나 욕구만을 생각하지 않고 자신의 행동이 다른 사람에게 어떻게 보일지에 대해 생각할 때, 바로 공동체에 대한 인식이 생겼을 때일 것입니다. 공공장소에서 뛰어 다니지 않고 사람들의 눈치를 보며 조용히 자리를 지킬 때와 같은 경우입니다.

자녀들에게 이런 사회적인 삶을 잘 가르쳐야 합니다. 사회의 룰을 지키고, 양보도 하고, 협력도 하는 그런 생활을 가르쳐야 합니다. 그래야만 가정과 학교, 사회가 따뜻하고 즐거우며 안전해집니다.

향기로운 노년을 위한 소통의 리더십

사람은 자신의 삶을 살아야 합니다. 부모의 삶을 살아선 안 됩니다. 부모의 자녀에 대한 리더십은 자녀가 삶의 주인이 되도록 이끌어주는 것이며, 사회적 인간이 되도록 하는 것입니다.

아내와 남편 사이의 소통

제 친구 가운데 하나는 사회생활보다 부부생활이 백 배는 힘들다고 말하곤 합니다. 또 어떤 이는 바람 피우는 사람들을 도저히 이해할 수 없다고 합니다. 한 명의 여자와 사는 것도 이렇게 힘이 드는데 어떻게 두 명의 여자를 상대하느냐는 것입니다. 물론 이런 이야기에 백 배 공감하는 사람이 있는 반면 전혀 이해가 안 되는 사람도 있을 것입니다.

'부부 싸움은 칼로 물 베기'란 말이 있는데 요즘은 칼로 물 베기가 아니라 진짜 칼부림으로 파국을 맞이하는 경우를 접하게도 됩니다.

어떤 부부는 수십 년을 살아도 변함없이 서로 사랑하고 행복한데, 어떤 부부는 하루가 멀게 싸우다 끝내 이혼에까지 이릅니다. "사랑해서 헤어진다."는 60년대 어느 스타 커플의 유명한 말도 있지만, 사랑하면서도 불안정한 부부 관계를 유지하는 것은 정말 불행한 일입니다.

부부간의 사랑은 대체로 다음과 같은 식으로 변하는 것 같습니다. 우선 처음에 열정적으로 사랑하다, 이제는 하루 끝에서 헤어지는 것조차 아쉬워 결혼을 결심합니다. 하지만 결혼이라는 것은 연애와는 다르게 둘만의 세계에 시집과 처가를 비롯해 수많은 사람들이 끼어드는 일입니다. 그밖에도 현실적인 문제들이 개입하게 됩니다. 결국 두 사람의 관계에 갈등과 아픔이 생겨나기 시작하고, 아이가 생기면서 육아와 교육이라는 부담이 가중되게 됩니다. 자연스레 다툼이 생기는데, 이때의 다툼은 연애시절의 그것보다 훨씬 현실적이고 구체적이며 난해합니다. 이러한 과정을 겪으면서 두 사람의 사랑은 식어가겠지만 그 빈자리를 이해와 동정심, 책임감 같은 것들이 채우게 됩니다. 나이가 들고, 자녀들이 자라면서 사랑은 정이 되고, 오랜 세월 함께한 상대는 진정으로 필요한 존재가 됩니다. 즉 진정한 사람, 인人이 된다는 것입니다. 사람 인(人) 자는 두 개의 개체가 서로 기대고 있는 모습입니다. 사람은 혼자 살 수 없을 뿐만 아니라, 서로 돕고 살아야 하는 존재라는 뜻일 것입니다. 마트나 병원에서 종종 나이든 부부들을 보면, 대부분 여성이 남성을 돌봅니다. 요즘에는 많이 바뀌었지만

향기로운 노년을 위한 소통의 리더십

대개 젊었을 때의 부부 사이에서는 아내가 남편에게 의지합니다. 하지만 나이가 들면 이런 관계가 역전됩니다. 남편이 아내에게 기대고 의지합니다. 분명한 것은 인생의 대부분이 부부를 중심으로 이루어지고, 마지막까지 남는 것도 부부라는 것입니다.

연로하신 선배님들을 뵈면 다들 자식이고 친구고 마지막까지 남는 건 배우자밖에 없다고들 하십니다. 저 또한 나이를 먹어 가면서 아내의 존재에 대해 다시 생각해 보게 됩니다. 애기 같고 동생 같던 존재에서 지금은 누나 같기도 하고 심지어 엄마 같기까지 합니다.

또한 아내와의 관계에서 후회도 많이 하게 됩니다. 나에게 기대는 약한 사람이라는 생각 때문인지 은연중에 함부로 했던 언행들에 대해 많이 후회하고 반성합니다. 제가 남자이므로 그 연장선상에서 아내와의 소통 문제를 생각해 보았습니다.

부부간의 소통 문제를 본격적으로 이야기하기 전에 몇 가지 아내라는 존재에 대해 이해할 부분이 있는 것 같습니다. 우선 일반적으로 여자가 남자에 비해 말을 많이 한다는 것입니다. 여자는 남자보다 평균적으로 하루에 1만 단어 정도를 더 많이 사용한다고 합니다. 즉, 그 정도의 말을 하지 않으면 그것 자체가 스트레스가 될 수 있다는 것이며, 따라서 남자들이 여자의 말을 많이 들어줘야 합니다. 아내뿐만 아니라 어머니나 딸의 이야기에도 귀 기울여 주십시오.

다음으로 전업주부와 직장에 다니는 아내의 고민이 공통적인 부분도 있지만 일정 부분 다르다는 점입니다.

전업주부는 일반적으로 자신이 직장을 가지고 있는 여자들에 비해 퇴보하고 있다, 의미 없는 삶을 살고 있다, 쓸모가 없다 등등의 생각을 하는 경향이 있습니다. 그래서 가족으로부터의 '존중'에 예민한 경우가 많습니다. 무시당한다는 느낌을 받으면 큰 상처가 될 것입니다. "당신이 뭘 안다고 그래?", "당신은 조용히 해.", "모르면 가만히 있어." 등과 같은 언사는 상대를 무시하고 관계를 완전히 단절시키는 결정적인 표현입니다.

직장을 가지고 있는 아내의 경우에는 또 다른 피해의식이 있습니다. 대부분의 직장 여성들이 돈도 벌고, 가사도 하고, 육아의 책임도 지는 삼중 사중의 고통을 겪고 있습니다. 그렇다 보니 한편으론 아이들에게 미안한 감정이, 또 다른 한편에는 가족, 특히 남편에 대한 서운함이나 불만이 있기 마련입니다. 쉬고 싶고 위로받고 싶어 하는 아내들은 당연히 남편과 집안일을 좀 나누어 했으면 하는 바람을 갖게 됩니다.

이런 아내들이 하고 싶은 대화는 대부분 직장에서의 힘든 일,

자녀 교육 문제, 건강 등과 관련된 것들입니다. 당연히 아내의 입장에서 더 힘들어 하고 아파해 주어야 하고, 적극적으로 공감해 주어야 합니다. 사람은 상대방이 자기 문제에 대해 더 골똘히 고민하고 힘들어 하면 자신의 문제가 사소해지고 마음이 금방 편안해짐을 느끼기 쉽습니다. 오히려 "여보, 나 괜찮아, 너무 걱정하지 마."라고 말할 수도 있습니다.

우리와 함께 하는 아내들은 이런 공통적인 아픔과 고민을 가지고 있습니다. 아내와의 소통은 사랑과 신뢰, 배려와 이해를 바탕에 두지 않으면 잘 되지 않습니다. 이런 것들이 없다면 부부라 하기 어렵겠죠.

저는 얼마 전까지 주말부부였습니다. 그런 까닭에 학기 중에는 2박3일 정도만 같이 지낼 수 있었습니다. 혹시 학교 일이 바쁠 때는 1박2일 정도밖에 같이 있지 못했습니다. 그나마 일요일은 교회에서 반나절 이상을 보내기 때문에 토요일이 두 사람 사이에 가장 중요한 시간입니다. 가능하면 영화 한 편은 꼭 보고, 한 끼는 제가 만든 반찬이나 치킨에 소주 한 잔을 기울입니다. 바빠서 한밤중에 들어오더라도 꼭 술 한 잔은 합니다. 지난 일주일간의 피로를 같이 푸는 의식이라고 할 수 있습니다. 좀 더 이완된 상태에서 이런 저런 이야기를 하다 보면 부부의 의미도 다시 한 번 생각하게 되고, 아내에 대한 고마움도 더 커집니다.

대화는 지나간 한 주 동안의 일들을 시시콜콜하게 보고하고 들어주는 것으로 충분합니다. 서로의 삶을 공유하는 듯한 느낌도 들고, 한 주의 시작과 마무리를 함께 한다는 것에도 의미가 있습니다.

특히 저는 대화를 하면서 "당신이 나 같은 사람을 만나서 고생이 많아."라고 종종 말하곤 합니다. 사실도 그렇지만, 그러면 "아니, 당신이 더 그렇지 뭐."라고 절 위로합니다. 이렇게 대화가 시작되면 그 다음엔 떠드는 것만으로 부부애를 느끼게 됩니다.

사실 저도 처음부터 아내와 대화를 많이 하는 편은 아니었습니다. 지금은 아내와의 대화가 재밌는 저는 식당 같은 곳에서 대화가 없는 부부를 보며 그때를 회상하곤 합니다.

분명히 부부 같은데, 마주보고 앉아 말 한마디 없이 물끄러미 딴 데를 보고 있다가 음식이 나오면 음식에만 몰두하다가 식사를 마치면 바로 나가는 사람들의 모습 말입니다.

두 사람이 만나 평생을 함께하기로 약속하고 사랑의 결실까지 맺어가며 살아가는 사이에 말 한마디 하지 않는다는 것이 참 신기하기만 합니다. 과연 그들을 부부라고 할 수 있을까요? 대화가

향기로운 노년을 위한 소통의 리더십

없이도 행복한 부부 생활이 가능할지 의문이 듭니다.

이젠 남편에 대한 이야기입니다.

한참 전 일이지만, 매형께서 주말이 없었으면 좋겠다는 말을 했던 적이 있습니다. 차라리 회사에 나가는 게 편하다는 것이었습니다. 일반적으로 회사에 다니는 남편이라면 평일에는 새벽같이 일어나 출근하고, 종일 회사 업무에 치이고, 퇴근 후에는 회식이라든지 장례식장 조문 등 여러 가지 경조사를 쫓아다니다 보면 스트레스가 이만저만이 아닐 것입니다. 거기에 아내는 아내대로 호된 시집살이에 갓난아이를 기르느라 잔뜩 지쳐 주말이면 밖에 나가자고 하거나 이런저런 투정을 부리다 보니 남편들 입장에서는 또 그게 스트레스가 되어 일주일 내내 스트레스에 시달리는 격이 되는 것입니다.

돌이켜 보니 저도 신혼 초에 그랬던 것 같습니다. 주말이면 그저 누워만 있고 싶고, 아내가 무어라 말만 하면 짜증을 냈습니다.

그러나 남편하고 같이 나가고 싶고, 이야기도 하고 싶고, 또 술도 한 잔 하고 싶은 것이 아내의 마음인지라 아내와 남편 각자의 바람이 상충해 갈등이 생기는 것입니다.

부부간에 자연스럽게 대화를 자주 하면 좋겠지만 그것이 쉽지 않은 부부라면 가끔씩 대화를 할 수 있는 자리를 마련해 보십시오. 뜬금없이 "대화하자!" 하고 어색하게 마주앉아 있으라는 것이 아니라, 맛있는 음식을 만들어 먹다 보면 자연스럽게 한 자리에 함께 앉을 것이고 그때 서로에게 위로와 격려 혹은 고마움의 말을 해보십시오. 물론 갑자기 그런 행동을 한다면 상대가 놀라거나 내가 무슨 잘못을 했는지에 대해 물어올지 모르지만, 기분 나빠하지 마시고 자연스럽게 대화를 이어가십시오. 상대가 놀란다는 것은 그만큼 그동안 서로 대화가 없었다는 뜻이니까요.

전 요즘의 젊은 남편들에 비한다면 거의 빵점짜리입니다. 청소도 잘 안 하고, 설거지도 가뭄에 콩 나듯이 합니다. 이런 점에선 다른 남편들과 비교도 안 됩니다. 하지만 저는 요리에 자신이 있기 때문에 주말이면 처가 식구들까지 초대해 저녁 식사를 대접하곤 합니다. 휴가를 가도 거의 매 끼니를 제가 준비합니다. 대단한 요리는 아니지만 어떤 재료로도 맛있게 만드는 재주가 있습니다. 그래서 제 아내 친구들은 저를 아예 '주방장'이라고 부릅니다.

아내가 원하는 모든 일을 해주지는 못하지만 잘하는 것 혹은 흥미 있는 것 한 가지만 꾸준히 잘 해주어도 모든 것이 다 용서가 됩니다.

아내나 남편 모두 상대방에게 적어도 하나는 잘 해주는 것이

향기로운 노년을 위한 소통의 리더십

있어야 합니다. 상대에게 아무런 기대가 없거나, 상대에게서 얻는 것이 하나도 없다면 소통의 문제 정도가 아니라 결혼 생활을 유지해야만 하는가 하는 근본적인 문제에 봉착하게 됩니다. 오로지 자녀가 끈이 되어 사는 부부라면 이보다 불행한 것도 없습니다. 배우자를 위해 최소한 한 가지 정도는 잘해 주십시오. 청소, 안마 등등 할 수 있는 것은 많습니다. 그마저도 잘 안 되면 말동무라도 되어 주어야 합니다. 사실 대화만 잘 통해도 큰 문제가 없을 것입니다.

별 문제가 없어 보이는 부부간에도 배우자 가운데 한 사람에게 우울증이라는 불청객이 찾아오면 상상을 초월하는 상황이 발생할 수 있습니다. 제 또래의 부부들 가운데 심심치 않게 이런 일들이 발생합니다. 이런 상황을 맞았을 때, 어떤 부부는 그런 일이 있었나 싶게 잘 지나가는가 하면 어떤 부부는 큰 홍역을 치릅니다. 이런 차이는 그간 부부가 해왔던 소통과 대화의 결과라고 생각됩니다.

평상시 소통을 잘 해왔던 부부는 문제의 발견도 빠르고 치유 기간도 짧습니다.

"여보, 나 요즘 이상해, 자꾸 눈물이 나고 몸도 아프고."

"그래? 당신 그거 끝나서 그런가? 나랑 내일 병원 같이 가보자."

이런 대화가 가능한 부부는 우울증이나 갱년기로 가정을, 부부 관계를 쉽게 망가뜨리지 않습니다. 반면 대화가 별로 없던 부부는 병이 깊어가는 것도 잘 모를 뿐만 아니라 치유도 쉽지 않습니다.

많은 부부들, 특히 신혼부부들을 보면 소통을 위한 대화에 지나치게 부담을 갖는 경우를 종종 보게 됩니다. 부부 관계의 유지를 위해서는 반드시 대화를 해야 한다는 강박관념이 있다는 것입니다.

제 아내도 그런 생각을 가지고 있었습니다. 연애를 무려 8년이나 했음에도 불구하고, 얼마나 대화를 강조하는지 저에게는 그 자체가 스트레스였습니다. 하루는 아내가 하도 대화 대화 하기에 제가 "자, 그럼 지금부터 대화 시작!" 하고 아내를 쳐다보았습니다.

"근데 무슨 얘기 하지? 당신이 먼저 해."

"당신이 하자며? 그러니까 당신부터 해봐."

이러면서 한 3~4분이 침묵 속에 흘러 가자 "관두자 관 둬." 하면서 자리에서 아내가 일어나고 말았습니다.

물론 제 잘못이 큽니다. 아무 얘기나 하면 될 걸 하는 후회도 됩니다. 하지만 그때는 공부하랴 연구원 다니랴 본가와 처가 다니랴

향기로운 노년을 위한 소통의 리더십

결혼생활에 적응하랴 정말 힘이 들어 그럴 여유가 없었습니다. 제 아내의 대화 집착증이 자주 부부싸움으로 이어지곤 했는데 여기서 말씀 드릴 것이 하나 있습니다.

부부 사이에 대화가 중요한 것은 맞지만 억지로 하는 대화는 하지 않는 것보다 못하다는 것입니다. 자연스럽게, 상황에 맞게 편하게 이야기 하십시오. 대화라는 것은 그리 거창한 것이 아닙니다. 단순히 말을 주고받는 것입니다. 명심할 것은 부부간의 소통은 대등한 관계에서 편안하게 이루어져야 한다는 것입니다. 절대 한 쪽이 흐름을 주도해서는 자연스럽고 부드러운 대화가 진행되기 어렵습니다.

'조강지처는 버릴 수 없고, 가난할 때 친구는 잊을 수 없다(糟糠之妻不下堂 貧賤之交不可忘).'는 말은 결국 그 정도로 힘들 때 같이 하는 사람이 소중하다는 의미입니다. 부부는 그런 관계입니다. 여러 가지 어려운 일을 같이 겪고 또 극복한 동반자입니다. 그럼에도 불구하고 소통에 문제가 있다면 그런 기억들을 잊고 있기 때문입니다. 부부의 지난날들을 자주 돌이켜 보면 소통의 문제는 상당 부분 해소될 것으로 봅니다.

학생과 교사 사이의 소통

선생의 중요성은 아무리 강조해도 지나치지 않은 것 같습니다. 제가 선생이라서가 아닙니다. 좋은 선생 한 사람이 얼마나 많은 학생들의 인생을 바꾸는지는 긴 설명이 필요 없을 것입니다. 위인들이나 성공한 사람들만 그런 것이 아니라 우리와 같이 평범한 사람들에게도 잊히지 않는 좋은 선생님들이 한두 분은 꼭 있습니다.

학생들을 가르친 지 20여년이 되다 보니 이젠 셀 수 없을 정도로 많은 학생들을 만났습니다. 제 교육관은 단순합니다. 첫째는 강의는 어떤 내용이든 일단 재미가 있어야 한다는 것이고, 둘째는 학생들에게 존경받기보다는 사랑을 받고자 노력한다는 것입니다. 마지막으로 학생 본위로 생각한다는 것입니다.

우선 강의가 재미있어야 한다는 얘기부터 시작해보겠습니다. 저는 정치학과 행정학 관련 과목, 그리고 영어 과목을 가르칩니다. 정치학도 그렇지만 무엇보다 행정학은 정말 무미건조한 내용이 많습니다. 그렇기 때문에 교과 내용만으로 즐거운 수업이 참 힘듭니다. 따라서 교과 내용이 절반, 재미있는 이야기나 관련 사례를 절반 섞어서 그나마 덜 지루하게 강의를 진행합니다. 혹자는 그러면 강의가 너무 부실해지는 것 아니냐고 핀잔을 합니다만 반드시 그런 것만은 아니라는 생각입니다.

사람마다 일정 시간에 머리에 담을 수 있는 지식의 양이 각기 다르고, 집중할 수 있는 시간에도 차이가 있습니다. 그래서 10~20분 이상 진지한 얘기를 하면 어느 순간 집중도 되지 않고 머리에 들어오지도 않기 때문에 중간 중간 머리를 식힐 필요가 있습니다. 오늘 이 시간에 반드시 전달해야 할 내용을 정하면 그 이상을 주입하려 하지 않고, 즐거운 강의 시간이 되도록 합니다. 물론 오늘 배운 내용은 반드시 숙지하도록 강조하고 반복합니다.

학생이 특정 과목을 싫어하거나 좋아하는 데에는 여러 가지 이유가 있겠습니다만, 빠지지 않는 이유 가운데 하나가 바로 그 과목을 담당했던 선생님입니다. 생각해 보니 저도 그렇습니다. 중학교 2학년 때 국어 선생님을 좋아해서 중2 학생이 고3 대입 국어까지 파고들 정도로 열심히 했던 기억이 있습니다. 그 덕에 대학 갈 때까지 국어는 큰 걱정을 하지 않을 정도가 되었습니다. 그 선생님의 수업 정말 즐겁고 행복했습니다. 이 지면을 통해 다시 한 번 감사드립니다.

두 번째로, 존경받기보다는 사랑받는 선생이 되려고 한다는 것

향기로운 노년을 위한 소통의 리더십

은 고상한 표현이고 쉽게 말해 형 같은 선생, 친구 같은 선생이 되려고 노력한다는 말입니다.

저는 학생들과의 벽을 허무는 일에 많은 신경을 씁니다. 제가 너무 어려운 존재가 되어서는 안 된다고 믿기 때문입니다. 선생이 지나치게 어려운 존재가 되면 강의도 딱딱해지기 쉽고, 진솔한 대화도 어렵습니다. 학생들과 친근해지기 위해 가장 신경 쓰는 것은 '너, 자네, 학생'이란 호칭을 쓰지 않으려 노력하며 이름을 외워 부르는 것입니다. 또 학생들의 옷이나 머리, 화장, 성적 그 무엇이든지 칭찬할 거리를 찾아 칭찬해 줍니다. 이미 말씀드린 것과 마찬가지로 관심과 애정을 가진 칭찬이어야 합니다.

그밖에도 학생들이 찾아오면 뭐든지 주려고 합니다. 차, 음료수, 책 등 그 무엇이라도 줄 수 있는 것이 있으면 주려고 노력합니다. 별다른 것이 아니더라도 학생들은 선생에게서 무언가를 받으면 좋아합니다. 학생들이 받은 것에 비해 더 크게 기뻐하는 모습을 보면 제가 더 행복해지는 것을 느낍니다.

마지막으로 학생 본위로 생각한다는 것은 저의 존재 이유가 바로 학생에 있기 때문입니다. 선생은 서비스업 종사자입니다. 당연히 학생이 소비자고 손님입니다. 그러니 당연히 학생의 입장에서 저를 바라보아야 한다는 것입니다. 제가 가르칠 수 있는 과목이라서가 아니라, 내가 가르쳐야 할 것을 가르쳐야 합니다. 학생들이 제 강의를 즐기게 해주어야 합니다. 뿐만 아니라 우리 대학에, 우리 과에 잘 적응하고 자부심을 갖고 다닐 수 있도록 해주려면 당연히 학생의 입장이 되어야 합니다.

계속해서 말씀드렸듯이 상대를 이해한다는 것은 소통이 된다는 것이고 소통의 기본은 상대에 대한 애정입니다. 어떠한 이유로든 학생을 무시하거나 가볍게 봐서는 안 됩니다. 하나의 인격체로 대하는 것이 중요하다는 것입니다. 때문에 일방적으로 설교하듯이 하는 대화는 아무런 의미가 없습니다. 특히 강요하거나 명령하는 듯한 어투는 금물입니다.

나도 학생인 시절이 있었고, 나와 마찬가지로 지금의 학생들도 엎어지고 깨지면서 무언가를 배우는 것입니다. 내가 많이 안다고, 나이가 많다는 이유로 학생을 무시하거나 다그치는 것은 가르치는 사람으로서 부적절한 태도입니다.

같은 맥락으로 학생들이 질문을 하거나 말을 할 때 중간에 말을 자르면 안 됩니다. 혹시 황당한 소리를 하더라도 즉각적으로 화를 내거나 핀잔을 주는 것은 나의 인내심이 부족함을 드러냄과 동시

향기로운 노년을 위한 소통의 리더십

에 상대에게 부끄러움과 상처를 안길 수 있습니다. 그럴 경우에는 진지하게 다시 물어야 합니다. 왜 그런 생각을 하게 됐는지 하나하나 묻다 보면, 선생이 이해하게 되거나 본인 스스로가 자신의 생각에 문제가 있음을 발견하게 됩니다. 만약 생각에 근본적인 문제가 있다면 하나하나 차근차근 친절하게 설명하되 강요는 하지 마시길 바랍니다. 스스로 깨우치기 전에는 누구도 고칠 수 없기 때문입니다.

선생의 고질병 가운데 하나가 학생을 일정한 틀에 맞추어 고치려고 하는 것입니다. 그 강박관념이 학생을 완전히 망칠 수 있음을 알아야 합니다. 부모는 물론 자신도 고치지 못한 것을 몇 번의 훈계로 고치려 한다는 것 자체가 말이 되질 않습니다.

제 중학교 시절의 일화를 하나 소개하겠습니다. 저희 음악 선생님께서는 수업 시간마다 뭐든 좋으니 질문을 하라고 강요하셨습니다. 그러나 예나 지금이나 그렇듯 학생들이 질문을 잘 하지 않았습니다. 그러면 결국 반장에게 질문을 하라고 합니다. 처음에는 음악에 대한 질문을 하다가 날이 갈수록 할 질문이 없어지자 "도대체 이렇게 질문을 하라고 하시는 이유가 뭡니까?"라고 여쭈었습니다. 사실은 처음부터 이게 가장 궁금했습니다. 그러자 선생님이 그 이유를 자세히 이야기해 주셨습니다.

어릴 때 산골에 살던 선생님께서는 읍내에 있는 초등학교에 가기 위해 두 시간 정도를 걸어야만 했답니다. 그런데 하루는 담임선생님이 해시계를 그려 오라고 해서 "달시계를 그려오면 안 되나요?"라고 질문을 했다가 선생님한테 장난을 친다며 크게 혼이 나셨다고 합니다. 학교를 파하고 집에 도착하면 이미 해가 져서 해시계를 그릴 수 없어 한 질문이었는데, 결과적으로 매만 번 것입니다. 그 이후로 선생님은 당시의 상처가 너무 깊어 무슨 질문을 하려다가도 가슴이 떨리고 진땀이 나서 질문을 할 수가 없더라는 것입니다.

만약 그 담임선생님이 "너 참 재미있는 이야기 했네, 근데 어떻게 그런 기발한 생각을 했어?"라고 한마디만 물으셨으면 충분히 이해가 되었을 것을, 그 한마디를 하지 않아 결과적으로 한 사람의 인생에 큰 상처만 남겨준 것입니다. 이렇듯 선생님이란 참 중요한 존재입니다.

그런데 요즘 선생님들이 교단을 떠나고 있습니다. 날이 갈수록 명예퇴직을 신청하는 초중고 교사들이 늘어나고 있다고 합니다. 왜 그럴까요? 대학생들이 선호하는 최고의 직업 중에 하나이며,

향기로운 노년을 위한 소통의 리더십

배우자감으로 가장 인기가 있는 직업 중 하나인 교사들이 강단을 떠나고 있다고 하니 참 이상합니다. 교사인 제 아내의 이야기를 들어보면 교사들이 학교를 떠나는 이유를 어느 정도 이해할 수 있습니다.

고시라고도 하는 교사임용고사에 어렵게 합격하여 학교에 발령을 받으면, 약 40명에 이르는 학생들의 담임선생님으로 과목에 따라서는 두 개 이상의 학년과, 여러 반을 가르쳐야 합니다. 주당 18시간에서 많게는 20여 시간을 가르쳐야 한다고 합니다. 게다가 학급 관리와 학생 관리에 대한 무한 책임을 져야 합니다.

그런데 이것보다 결정적으로 가장 힘든 것은 지도가 불가능한 학생 수가 점점 늘어나기 때문이라고 합니다. 그 학생들로 인해서 수업을 할 수 없는 경우도 많고, 체벌의 금지로 학생 지도가 쉽지 않다는 것입니다. 때리고 벌 세우는 것은 권장할 만한 일이 아닙니다. 하지만 필요할 때도 있습니다. 그럼에도 불구하고 원천적으로 체벌을 금지하고 있어 학생들이 이를 악용한다는 것입니다. 무례한 언행뿐만 아니라 사제 관계를 떠나 사람과 사람 사이의 기본적인 예를 지키지 않는다 해도 교사가 할 수 있는 일은 면담이나 귀가 조치가 전부이며 최고의 벌이 다른 학교로의 전학이라고 합니다. 뿐만 아니라 학교에서 무슨 일이 생기면 교장을 비롯한 간부 교사들의 비난에다가 무례한 학부모들로부터 당하는 모욕은 교사로서의 자부심을 가져야 하는지에 대한 심각한 고민을 갖게 한다고 합니다. 그밖에 모범생이라는 학생들조차도 열성을 다해 가르치려 하면 잠을 자버리거나 개인 공부를 하는 경우가 태반이라고 합니다.

체벌이나 다른 훈계 방법 없이 대화로 가능한 학교는 한 반에 10여 명의 학생에 교사는 일주일에 15시간 내외의 수업을 하며, 온갖 잡무는 관리직들이 수행해 주는 그런 환경에서나 가능하지 않나 싶습니다. 이런 상황에서 교사와 학생들의 소통이 용이할 리 없습니다. 물론 그럼에도 불구하고 학생들과 잘 소통하고 학교 생활을 잘 하는 교사들이 있지만 극히 드뭅니다.

사회의 미래는 경제 성장과 복지, 분배 이런 것들만으로 보장되지 않습니다. 그 사회를 책임질 수 있는 다음 세대를 잘 길러내는 것이 더 중요하다는 것이 제 생각입니다.

외국어, 컴퓨터, 수학 잘하는 인재를 양성하는 것보다 더 중요한 것은 약자를 동정하고 도우며, 사회의 질서를 존중하고, 대화와 토론을 통해 합의에 이르는 민주적 인재를 길러내는 것입니다. 그렇지 않으면 이 사회가 약육강식, 승자독식의 법칙만 지배하는

향기로운 노년을 위한 소통의 리더십

정글과 무엇이 다르겠습니까?

　이런 관점에서 볼 때, 가정과 학교에서의 교육이 얼마나 중요한
지 다시 한 번 깨닫게 되지만 현실은 좋은 교육을 할 수 있는 여건
이 되지 않습니다. 잘못된 환경에 대해 지적하고 대안에 대해 이
야기를 할 수 있는 분위기 자체가 형성되지 않는다는 것입니다.

　집에서 왕자나 공주처럼 마음대로 행동하던 아이들 수 십 명이
한 반에 모인데다, 집에서나 학교에서나 오로지 이기는 것만을 강
조합니다. 그리곤 결국 경쟁만 부추기고 협동이나 함께 살기는 뒷
전인 분위기에서 자라난 학생들이 선생이 됩니다. 뿐만 아니라 교
육 환경을 바꾸겠다는 대권 후보나 각 정당의 교육 정책은 교육
내용이나 방법에 대한 고민보다는 대입 제도나 대학 등록금에 주
로 초점이 모아져 있습니다.

　국가가 해주지 못한다면 우리 개개인부터 자각을 통해 환경을
바꿔야 합니다. 교육 현장에 있는 교사와 학생, 학부모부터 달라
진다면 사회도 변하지 않을까 생각합니다.

상사와 부하 직원 사이의 소통

저는 비교적 젊은 나이에 사회생활을 시작해 나이는 저보다 많지만 직급이나 직책이 낮은 사람들과 생활한 경험이 많은 편에 속합니다. 한국 사회, 특히 남자들 사이에서는 나이가 중요하기 때문에 직급은 높아도 나이가 어렸기 때문에 그들과의 관계 설정 및 소통에서 상당한 애를 먹었습니다. 적게는 다섯 살에서 많게는 20년까지 차이가 나는 직원들과의 생활은 불편하고 힘든 점이 많았습니다. 이제 와서 하는 이야기이지만 괴롭힘도 많이 당했습니다. 심성이 좀 고약한 사람은 다양한 방법으로 저를 골탕 먹였습니다. 각종 정보를 제 때 알려주지 않거나 연락을 안 해주거나, 틀린 정보를 전해 주어 곤란한 상황에 처하게 만들기도 하고, 회식자리에서는 취한 척 하면서 입에 담을 수 없는 욕설을 퍼붓기가 일쑤였습니다. 참 많이 힘들었습니다. 나이가 꽤 들었다고 생각하는 지금도 직업적으로는 젊은 편이라 여전히 직원들과 불편한 상황을 맞이할 때가 가끔 있습니다.

세상에는 다양한 직종과 다양한 조직이 있습니다. 직장문화 또한 천차만별입니다. 어떤 조직은 과업 중심이라 인간관계보다는 상명하복이 절대적인 곳이 있을 수 있고, 정반대로 인간적인 부분

향기로운 노년을 위한 소통의 리더십

이 우선시되는 직장도 있을 겁니다. 이런 넓은 스펙트럼 속에 많은 조직들이 존재하겠지만 상하 간의 소통을 중요시 여기지 않는 조직은 드물 것입니다. 조직이나 부서 안에는 몇 가지의 상사 유형이 있습니다.

첫째, 업무를 완전히 장악하여 직접 통제하는 유형
둘째, 업무도 잘 알지만 가능한 하급자에게 위임하여 자신은 최소한의 통제만 하는 유형
셋째, 업무도 모르면서 통제만 하려고 하는 유형
넷째, 일은 잘 모르지만 하급자들의 비위를 잘 맞추어 그런대로 조직이 굴러가게 하는 유형

물론 이외에도 다양한 유형이 있겠지만 가장 대표적인 유형 네 가지만 적어 보았습니다. 여러분은 이 가운데 어떤 유형의 사람입니까? 어떤 유형의 사람이 되고 싶으신가요? 대부분 두 번째 유형을 선호할 것 같습니다.

직장생활을 하다 보면 직장인의 필수 요건이 능력과 인간성, 결국 이 두 가지 요소로 귀착된다는 걸 알게 됩니다. 물론 두 가지를

다 가진 직장인이 최고일 것입니다. 하지만 두 요소를 완벽하게 고루 갖추기는 어렵기에 둘 중 어떤 것이 더 중요하냐고 물어본다면 저는 능력이라고 말합니다.

어떤 직장이든 친목단체가 아닌 이상 조직의 목표가 있고 이 목표를 달성하지 못하는 조직원은 존재의 의미가 별로 없습니다. 그러므로 개인의 성품이 어떠하든지 자신에게 주어진 일들을 잘 감당하는 것이 기본이라고 생각합니다.

반대로 인간성은 더할 나위 없이 좋은 반면 능력이 부족한 경우가 있습니다. 같은 조직원으로서는 피곤한 유형입니다. 배려심도 있고, 분위기도 좋게 만드는 등 여러 가지 장점이 있지만 일 처리엔 조금 문제가 있는 사람은 어딜 가나 있기 마련입니다. 조금의 도움만 주면 잘해낼 수 있는 경우라면 그나마 괜찮지만 정도가 지나쳐 거의 모든 것을 다른 조직원에게 의지하려 한다면 골치가 아픕니다. 함께 가기 힘든 유형의 사람인 것입니다.

이제 자신은 어떤 사람인지 좀 살펴보도록 합시다.

능력과 인간성, 이 두 가지를 얼마나 갖춘 상관인지 스스로 평가해 보고, 능력 있는 직원이라는 칭찬을 듣고 있는지, 좋은 직원이라는 존경은 받고 있는지 잘 살펴보시기 바랍니다.

일반적인 조직원뿐만 아니라 상사 역시 이 두 가지를 다 갖춘 사람이 최고일 것입니다. 하지만 이 두 가지 가운데 어느 요소를 더 선호할까 생각해 보면 역시 능력일 것 같습니다.

부서의 업무를 잘 알고 있고, 상관들과도 잘 통하고, 외압도 잘 막아주는 상관이 그저 사람 좋기만 한 상관보다 훨씬 나을 것입니다. 여기에 부하 직원들과 소통도 잘한다면, 부서의 성과도 올리고 보다 좋은 분위기에서 직장생활을 할 수 있을 것입니다.

그렇다면 직장에서의 소통은 어떻게 해야 할까요?

어떤 상사는 직원들과의 소통을 위해 라틴댄스를 배우거나 술자리를 자주 하고, 등산을 다니거나 청바지를 즐겨 입는다고 합니다. 그러나 이런 것보다 더 중요한 것은 부하 직원들이 생각하는 상사의 위상입니다. 즉, 직원들이 상사를 어떻게 평가하고 있느냐 하는 것입니다. 다른 점에서는 만점인데 직원들과 잘 어울리지 못한다고 하는 단점만 있다면 당연히 위와 같은 방법이 좋을 것입니다. 하지만 상사의 무능이 문제라면 이 방법은 그다지 효과적이지 않습니다.

언제나 그렇듯 부모나 선생, 그리고 상사는 먼저 기본적인 역할에 충실해야 하며, 존경은 아닐지라도 그 역할에 대한 인정은 받고 있어야 합니다. 잘은 못해도 열심히는 한다, 기본은 한다는 평가 정도는 받고 있어야 한다는 것입니다. 혹은 '노력한다'는 평가는 받아야 합니다. 소통은 그 다음의 문제입니다.

언제나 그렇듯 먼저 입장을 바꾸어 생각해 보아야 합니다. 부하 직원들은 어떤 상사를 기대하며 직장생활을 할까요?

먼저 유능한 상사일 것입니다. 어떤 문제가 있어도 의연하고 유연하게 대처하는 상사를 기대합니다. 다음은 역시 다정다감한 상사일 것입니다. 이왕이면 부드러운 말로, 하나하나 잘 가르쳐주는 상사를 기대합니다.

여기까지가 기본이라면 더 나아가 잘 어울리고, 매너도 좋고, 조직에서 영향력도 큰 그런 상사를 좋아할 것이 분명합니다. 하지만 이런 모든 점을 두루 갖춘 상사는 드뭅니다. 그렇기에 단점을 보완하고, 장점을 보다 부각시키기 위해 노력해야 하고 그러한 소통의 방법들을 생각해 봐야 합니다.

먼저 호칭입니다.

'야, 너, 거기'와 같은 용어는 금물이며 개인의 이름만을 부르는 것도 공식 석상에서는 좋지 않습니다. 이차적 관계가 일차적 관계화 되어 친근감이 있어 보이지만 회사라는 공적인 환경에서는 제삼자나 다른 구성원이 듣기에 적절하지 않기 때문입니다.

향기로운 노년을 위한 소통의 리더십

이름을 부른다면 성을 붙여 이름 전체를 부르며 끝에는 '씨'를 붙여 부르거나, 성과 그 사람의 직급 명칭을 붙여 부르는 것이 좋습니다. 예를 들면 '김영호씨', '김대리'와 같은 호칭입니다.

대화와 소통의 시작은 상황에 따라 다양한 방법을 사용할 수 있을 것입니다.

신입사원의 경우라면 회사 일에 대한 느낌을 묻는 질문으로 시작할 수 있고, 오래 같이 근무한 직원의 경우라면 애인이나 아내, 또는 아이들의 안부를 물어보는 것으로 시작하면 좋을 것 같습니다. 최근 관계가 서먹해진 직원에게는 단도직입으로 묻는 것보다는 서운한 감정을 달래며 풀어나가는 것이 좋습니다.

대화가 시작되면 계속해서 강조했듯이 많이 들어 주십시오. 말을 잘하지 않으면 많이 물어보십시오. 상대방도 질문에 답을 하다 보면 자연스레 말문을 열게 됩니다. 그 때 맞장구도 치고 자기 자신의 이야기도 조금씩 섞다 보면 소통이 되기 시작합니다.

이야기 도중 취미가 비슷하거나, 식성이 비슷하거나, 사는 동네가 근처라는 등의 공통점이 발견되면 그 부분에 대해 많은 이야기를 나누십시오. 공통점은 친근감을 형성하는 데 큰 도움이 됩니다.

주의할 점은 누군가에 대한 험담은 하지 말아야 합니다. 함께

욕을 한다 해서 상대가 진심으로 그 사람을 어떻게 생각하는지 알 수 없는 일이며, 일단 누군가에 대해 욕을 한다는 사실은 나의 인성을 욕하는 것이나 같습니다.

술은 가능하면 1차만 하십시오. 술이란 녀석이 묘해서 사람을 가깝게도 하지만 반대로 이성을 잃게 해 더 멀어지게 할 수도 있다는 것은 누구나 알고 계실 것입니다.

학생들이 선생의 경험담에 관심 있는 것과 마찬가지로 부하 직원들도 상사의 경험담을 좋아 합니다. 성공담이나 잘난 척보다는 실패담이나 아픈 경험을 더 듣고 싶어 합니다.

성공담과 같은 것들은 자칫 과장되기가 쉬워 부하 직원들의 감동을 자아내기가 어렵고 말을 하다 보면 어느새 자기 과시로 흘러갈 위험이 큽니다.

진솔하게 신입사원 때의 실수나 어려웠던 점들을 부하 직원들의 현실에 비추어 말해 주십시오. 그리고 많이 들어 주십시오. 아마 당신의 이야기에서 해결 방법을 찾아내거나 마음의 위로를 받는 사람들이 있을 것입니다.

이 때 유심히 살펴보면 대화의 상당 부분을 특정인이 주도하고 있음을 알게 됩니다. 그럴 때는 말이 거의 없는 직원에게 말할 기회를 주어야 합니다. 가능한 자연스럽게 유도하십시오. 친목을

향기로운 노년을 위한 소통의 리더십

다지는 모임에서 겉도는 사람이 있어서는 안 되기 때문입니다.

  높은 자리에 앉아 있다는 것은 수많은 이야기를 감당해야 한다는 의미이기도 합니다. 문제가 해결되기보다는 만들어지기 쉬운 자리이기도 합니다. 따라서 회사 안에서든지 회식자리에서든 정돈된 모습을 보여주어야 합니다. 그런 의미에서 술자리 대신 식사나 차를 함께 하는 것만으로도 충분합니다. 사실 너무 잦은 술자리는 또 다른 불만을 야기할 수 있습니다.

  하지만 이러한 자리가 그저 서로 친해지는 데에만 머물러서는 안 됩니다. 사적인 자리를 통해 업무의 성과도 높여야 합니다. 소통의 목적은 무조건 가까워지는 데에만 있는 것이 아닙니다. 자신들이 만나게 된 이유와 밀접한 관련성이 있어야 하는 것입니다.

  영업부 직원들의 회식은 영업 성과와 연관되어야 하고, 연구소 직원 간의 소통은 탁월한 연구 성과와 관련이 있습니다. 그저 잘 지내기만 하려고 한다면 어려울 건 없습니다. 다만 친목을 위한 조직이 아니라는 점이 소통의 중요성과 어려움을 수반하는 것입니다.

  조직 내에서는 소통의 목적이 분명해야 합니다. 자신의 속내들을 분명히 드러내어 서로의 발전을 도모하는 성과가 되어야 한

다는 것입니다. 당신의 소통은 과연 그런 방향으로 이루어지고 있

는지 한번 돌아보시기 바랍니다.

향기로운 노년을 위한 소통의 리더십

Well-Aging & Leadership

5

소통과 SNS

최근 들어 다양한 SNS(Social Network Service)로 인해 인적 관계망을 무한히 넓힐 수 있게 되었습니다. 싸이월드, 페이스북, 트위터 등에 카카오톡(이하 카톡)까지 등장해 다양한 관계망 형성이 가능해졌습니다. 이러한 도구들은 직접적인 대화라는 소통의 방법을 보완할 수 있다는 점에서 관심을 두지 않을 수 없습니다. 이들 최신 매체에 익숙한 젊은 세대들에게는 나날이 중요한 소통의 도구가 되고 있는 것도 사실입니다. 따라서 소통을 위해 이러한 도구들을 어떻게 활용하면 좋을지 생각해 보았습니다.

먼저 SNS 사용의 빈도에 신경을 써야 합니다. 페이스북이나 트위터 같은 SNS에 너무 자주 접속하여 댓글을 다는 것은 부작용 내지 역반응을 일으킬 수 있습니다. 빈도가 잦은 만큼 진실성이 떨어져 보일 뿐만 아니라 할 일 없이 SNS만 하는 사람처럼 보일 수도 있기 때문입니다. 맨체스터 유나이티드의 감독이었던 알렉스 퍼거슨은 "SNS는 인생의 낭비다"라고 말하기도 했습니다. 소식을 자주 보게 되더라도 내가 너의 모든 걸 다 보고 있다는 듯이 모든 글에 관심을 나타내기보다는 한두 번일지라도 성심성의껏 댓글을 달아주는 것이 좋습니다. 물론 공적인 공간에서 회사일이나 개인적인 문제는 거론하지 않는 게 예의라는 것쯤은 아시리라 생각됩니다.

SNS는 안부를 물을 때 아주 유용합니다. 안부는 직접 얼굴을 마주하고 하는 묻는 것이 가장 좋지만, 그렇지 못할 경우에는 전화 통화로 대신하곤 합니다. 그러나 요즘에는 바쁘다는 핑계 아닌 핑계로 전화 한 통 하기도 쉽지 않습니다. 이럴 때 문자 메시지나

향기로운 노년을 위한 소통의 리더십

카톡은 바쁜 생활 속에서 많은 시간을 들이지 않고도 서로의 안부를 묻는 데 좋은 도구가 됩니다.

살다 보면 바쁘기도 하고, 생각이 났다 할지라도 통화를 하기엔 시간이 부족하거나 너무 늦어 안부를 묻기엔 실례일 경우가 많습니다. 이런 상황에 정성스럽게 쓴 문자나 카톡 한 통이면 안부도 물으면서 자신의 관심을 표현할 수도 있습니다. 단순하게 글만 보내는 게 무미건조하다고 생각하시는 분들도 계시지만 개인적으로는 일상에서 갑작스레 받게 되는 문자 한 통에 감동을 받고 힘을 얻습니다.

저희 누님은 시간이 나면 짬짬이 문자를 보냅니다. 단순한 안부부터 걱정, 위로 등의 내용뿐만 아니라 종교적 얘기도 하시고 그저 날씨가 좋다는 등의 일상적 얘기도 보내옵니다.

하트 문양과 함께 누님이 보내주는 문자는 늘 반갑고, 어떤 때는 눈물겹게 고마울 때도 많습니다. 이런 저런 고민들로 힘들어 하고 있을 때, 누님이 보내주는 문자 메시지는 엄청난 위로가 되곤 합니다. 다른 사람들도 비슷할 거라 생각합니다.

부모가 자녀에게 보낸 문자가, 상사가 부하 직원에게 보낸 글 한 줄이, 선생이 학생에게 보낸 메시지 하나가 서로의 벽을 허물고, 사랑을 확인하며 위로와 힘이 될 수 있습니다.

"우리 딸, 공부하기 힘들지? 주말에 엄마랑 맛있는 거 먹으러 가자, 파이팅!"

"영식아, 요즘 성적이 많이 떨어졌던데 무슨 고민 있니? 샘하고 언제 떡볶이나 먹으면서 얘기 좀 할까?"

"김대리, 이젠 과장 포스가 느껴져! 나도 긴장하고 열심히 해야 겠어!"

"여보, 오늘 춥데. 회사는 안 추워?"

이런 식의 정성어린 문자 한 줄이 어떤 때는 한 시간의 통화보다 진심을 전하기에 더 좋을 수도 있습니다. 이런 최신 매체를 활용하기엔 너무 나이가 많다고 포기하지 마시고 짬을 내어 사용법을 익힐 것을 권합니다. 직접 해보면 그다지 어렵지 않기 때문에 누구나 금방 배우고 익혀서 즉시 사용할 수 있습니다. 문제는 이런 새로운 것에 대한 호기심을 잃지 않고 용기를 내어 배우고자 하는 자세를 견지하는 것입니다.

향기로운 노년을 위한 소통의 리더십

소통과
아름다운 노년을 위한
마지막 제언

지금까지의 논의는 결국 다음과 같은 다섯 가지 결론으로 요약되는 것 같습니다.

첫째, 리더십이란 단순히 권력관계에 있어 우월적 위치에 있는 사람에게서만 발현되는 것이 아니며, 권력의 양과 비례하는 것도 아니라는 것입니다. 관계에 있어 영향력을 더 많이 미치는 사람에게 리더십이 있다는 것이지요.

최근에 자주 언급되는 리더십 가운데 섬기는 리더십(servant leadership)이라는 것이 있습니다. 대통령이 국민을 섬기고, 상사가 부하 직원을 모시고, 부모가 자녀를 섬기는 것으로 해석이 되고 있습니다만, 이 용어가 등장하게 된 배경은 이런 의미와는 조금 다릅니다.

섬기는 리더십은 미국의 학자 로버트 그린리프가 1970년대에 처음 주창한 이론으로 '다른 사람의 요구에 귀를 기울이는 하인이 결국은 모두를 이끄는 리더가 된다.'는 것이 핵심입니다. 그린리프의 '서번트 리더십'은 기본 아이디어를 헤르만 헤세의 《동방으로의 여행》에서 얻었다고 합니다. 이 소설에서 레오는 일행들과 여행하면서 모든 허드렛일을 혼자서 도맡아 하는데, 그가 갑자기 사라지자 일행은 혼란에 빠져 결국 여행을 중단하고 맙니다. 그리고 단순히 심부름꾼으로만 알았던 레오가 자신들의 정신적 지도자, 훌륭한 리더였음을 알게 되었다는 것입니다.

서번트 리더십은 어떤 위치에서든지 구성원들이 잠재력을 발휘할 수 있도록 앞에서 이끌어주는 리더십, 책임과 권한보다는 가치와 사랑에 바탕을 두며, 무조건적인 명령보다 신뢰와 믿음으로 구성원들이 소신껏 일할 수 있도록 지원하는 리더십이라고 할 수 있습니다.

소통의 기본은 이러한 리더십에서 출발해야 할 것입니다.

그렇기 때문에 내가 가장이니까, 선생이니까, 상관이니까, 남자니까 리더가 되어야 하고, 내가 이끌어 나가야 한다는 생각부터 버려야 합니다. 가정이, 학교가, 회사가, 사회가 보다 발전적인 방향으로 갈 수만 있다면 누가 리더가 되든 아무런 문제가 되지 않습니다. 이런 자세만 잘 견지해도 소통의 문제는 반 이상 해결될 것으로 보입니다.

우리는 '실세'라는 말을 자주 합니다. 소통에도 실세가 있습니다. 실세란 말이 어떤 때는 '분위기 메이커', '감초', '해결사'라는 말로도 표현됩니다. 지위가 아니라 역할을 나타내는 것입니다. 자신이 실세가 아니라면 실세에게 소통의 권한을 맡기십시오.

둘째, 서로의 이해관계가 대립적이고 충돌적이라면 소통은 현실적으로 쉽지 않습니다.

노예와 노예주, 농노와 영주, 악덕 기업주와 노동자의 관계처럼 자기의 이익이 상대의 손해가 되는, 다시 말해 제로-섬(zero-sum)적 관계에서의 소통은 거의 불가능합니다.

두 사람이 같은 방향을 바라보는 것이 소통의 대전제라는 말입니다. 부모와 자식은 가족의 행복을, 교사와 학생은 훌륭한 인격과 자질의 함양을, 그리고 상사와 직원은 조직과 서로의 발전을 목표로 해야만 소통이 그 의미를 발할 수 있을 것입니다. 단기적인 이해를 위해, 잠깐의 순간에만 잘 지내기 위해, 자신이 편하기 위해 시도되는 소통은 금방 한계를 맞이하게 됩니다. 과연 무엇을 위한 소통인가를 잘 생각해 보아야 한다는 것입니다.

셋째, 역시 대화의 방법이 중요합니다.

대화에 있어 첫 마디는 술좌석의 첫 잔과 같이 결정적인 역할을 합니다. 첫 잔이 달면 그날 술을 많이 마시게 되듯, 대화의 첫 마디가 그날 대화의 분위기를 지배합니다.

"나 할 말 있어.", "나 너한테 불만 많아.", "우리 얘기 좀 하자."라고 말을 꺼내면 상대는 일단 긴장하게 되고, 혹은 전투적 태세를 갖추게 되는 경우마저 있게 됩니다. 대화를 하자는 것은 어쨌든 문제를 해결하자는 것인데 시작이 거칠면 그 내용과 과정 또한 거칠어질 수밖에 없습니다.

반대로 "우리 차 한 잔 할까?", "나 좀 도와줄래?", "시간 좀 있어?" 정도로 출발하는 것이 대화를 보다 더 편하게 시작할 수 있는 방법입니다. 혹은 "삼겹살 좋아하지? 오늘 같이 먹으러 갈까?"라고 제안해 보는 것도 좋을 듯합니다.

향기로운 노년을 위한 소통의 리더십

앞에서도 수없이 강조한 것은 말하기가 중요하다는 것과, 말을 잘하기 위해서는 생각과 연습이 필요하다는 것이었음을 다시 한 번 강조해 봅니다.

넷째, 소통에 있어 기본적으로 중요한 것 가운데 하나가 화를 다스리는 것, 즉 분노 관리라는 것입니다.

대화가 파국으로 치닫는 가장 결정적인 원인은 어느 한 쪽이 화를 내게 되는 것입니다. 분노를 제어하지 못해 거친 표현을 쓰거나, 욕설을 입에 담게 된다든지 해서 대화의 판 자체가 깨지는 경우가 종종 있습니다.

최근에 나온 리더십 이론을 보면 분노에 대한 통제력(anger control)이 리더의 자질로 상당히 강조되고 있습니다. 화를 내는 순간 그는 이미 리더십을 상실하고 있다는 것입니다.

화를 다스리는 노력을 해야 합니다. 화를 다스리지 못하면 대화는 하지 않는 것보다 못한 결과를 낳기 쉽습니다.

다섯째, 소통의 방법으로 대화만 있는 것이 아니라는 점입니다. 따뜻한 눈빛, 온화한 표정, 짧지만 정성어린 문자 메시지 등 대화와 소통에는 다양한 방법이 있습니다. 중요한 것은 상대에 대한 배려, 가정이나 학교, 직장에 대한 애정 등만 있으면 된다는 것입니다.

가장 중요한 마지막 한 가지는 문제의 근원을 자신에게서 찾는 것입니다. 자신이 변해야 한다는 것입니다. 100% 상대방에게만 문제가 있는 경우는 드뭅니다. 1%라 할지마도 본인에게 문제가 있기 마련입니다. 먼저 사과하고 인정하며 상대를 받아들이려는 노력이 소통을 확실히 도울 것입니다.

이 글을 쓰면서 저 스스로도 많은 반성을 하게 됩니다. 가족과 직장, 교회, 그리고 사회생활을 하면서 정말 제가 생각하고 말한 것들을 잘 실천하고 있는지 많이 돌아보게 되는데, 저도 크게 잘하고 있지는 못하다는 것을 알게 되었기 때문입니다. 책을 끝맺으면서 보다 나아지는 제 자신을 위해 노력할 것을 다짐해봅니다. 독자 여러분의 분발을 기원합니다.

저자 | 엄태석

저자는 명지고등학교, 연세대학교 정치외교학과를 졸업하고 한국학중앙연구원(옛 한국정신문화연구원) 한국학대학원에서 석사 및 박사학위를 취득하였다. 지방자치와 여성정치를 전공하였다. 한국학중앙연구원 전문연구원, 국회 건설교통위원장 비서관, 미국 아메리칸대학의 초빙교수를 역임했다.

현재 재직 중인 서원대학교에서 정치행정학과 교수직과 더불어 학과장과 법정학부장, 창업보육센터장, 인재개발센터장, 미래창조연구원장, 교무학생처장, 교무처장의 보직을 역임했다. 학회활동으로는 한국정치학회 상임이사와 편집이사, 충청정치학회 회장, 충청국제정치학회장, 아태정치학회 총무이사, 한국정치정보학회 총무이사, 한국NGO학회 감사 등을 지냈다.

정부 및 사회기관의 위원으로는 행정안전부 지방자치단체 평가위원, 충청북도 균형발전위원회 위원과 여성위원회 위원, 청주시 시정평가위원, 청주방송 시청자위원을 지냈다.

연구업적으로는 《기초지방의회의 위상과 기능》, 《젠더정치학》, 《지방민주주의의 위기》 등의 저서와, 〈여성의 정치참여와 선거제도〉 등 다수의 논문이 있다.

그리고 법학적성시험을 비롯하여 다양한 공무원시험의 출제위원으로 활동하였으며, 충북선거관리위원회 선거방송토론회 사회자, 청주문화방송 및 한국방송공사 청주총국의 선거방송 사회자, 청주문화방송 〈이슈토론〉, 〈특별토론〉의 진행자로 활동한 바 있다.

《서울신문》 명예논설위원이며, 《충북일보》, 《여성신문》 등 신문사의 고정 칼럼니스트였으며, 《중앙일보》, 《세계일보》, 《문화일보》 등 여러 언론사에 기고한 바 있다.

초판 1쇄 인쇄 2014년 9월 15일
초판 1쇄 발행 2014년 9월 19일

지은이   엄태석

펴낸이   김환기
펴낸곳   이른아침

주소   서울시 마포구 마포대로4다길 8 경인빌딩 3층
전화   02-3143-7995
팩스   02-3143-7996
등록   제 395-2009-000037호
이메일   booksorie@naver.com

ISBN   978-89-6745-033-5 03810